致青春
中国青少年成长书系
LAUD TO CHINESE YOUNG ADULT SERIES

反S联盟

赵月琪◎著

中国大百科全书出版社
知识出版社

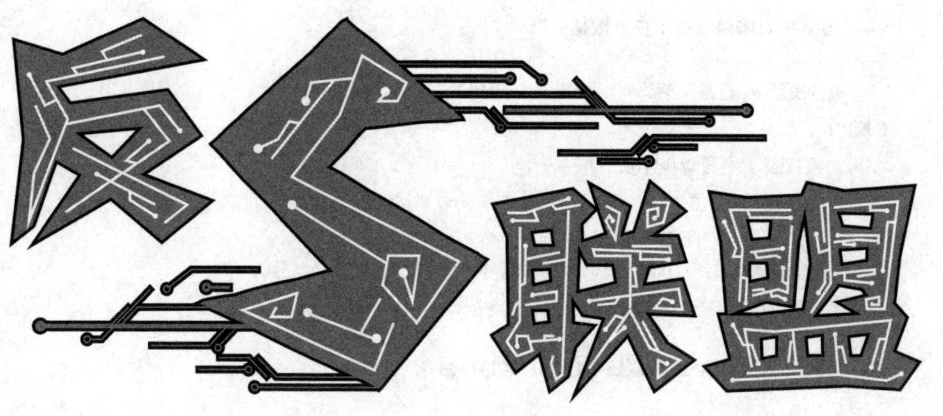

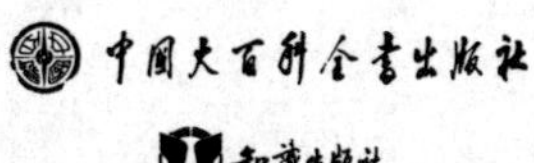

图书在版编目（CIP）数据

反S联盟 / 赵月琪著. -- 北京 : 知识出版社,
2021.1

（致青春·中国青少年成长书系）

ISBN 978-7-5215-0267-1

Ⅰ. ①反… Ⅱ. ①赵… Ⅲ. ①幻想小说-中国-当代
Ⅳ. ①I247.5

中国版本图书馆CIP数据核字(2020)第207274号

反S联盟 **赵月琪 著**

出 版 人 姜钦云
责任编辑 易晓燕
装帧设计 张 婷
出版发行 知识出版社
地 址 北京市西城区阜成门北大街17号
邮 编 100037
电 话 010-88390659
印 刷 三河市人民印务有限公司
开 本 660mm×930mm 1/16
印 张 11.75
字 数 95千字
版 次 2021年1月第1版
印 次 2025年1月第2次印刷
书 号 ISBN 978-7-5215-0267-1
定 价 42.00元

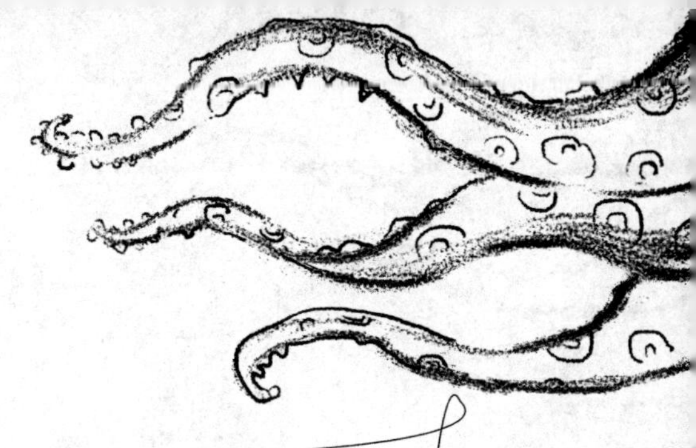

反S联盟

目录

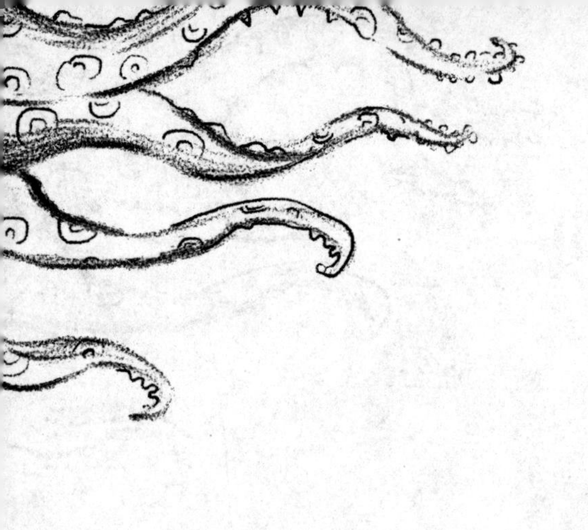

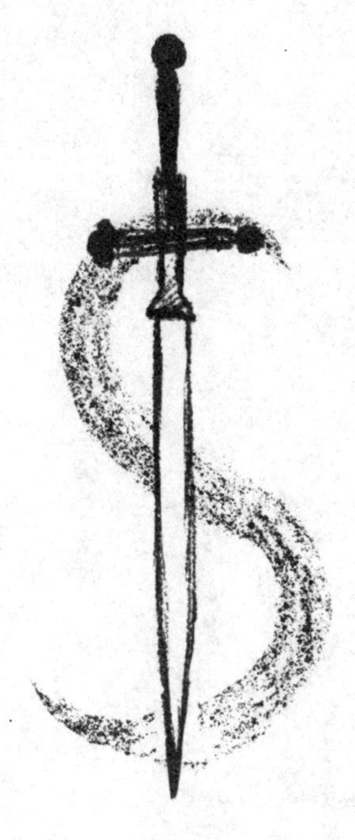

第一章 地球上最后一个人

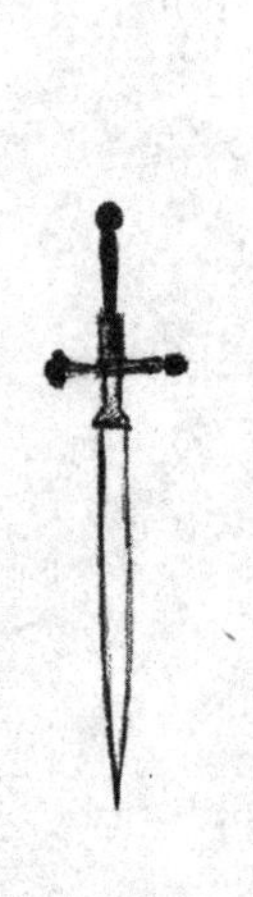

清晨，天雾蒙蒙的，像是为了遮住什么令人愤恨的事一样——

——“轰！”一颗银色的X4型导弹悄无声息地穿过云层，无情地砸向了大地。

“轰隆！”一波未平，一波又起。第二颗X4型导弹在硝烟中降临了。

战火烧着尸体，硝烟淹没了高楼，死亡的气息在大地上弥漫开来。绝望，在大地上蔓延着。人们似乎已经看见了死神的逼近。

就在这时，天空中传来了震耳欲聋的“呼呼”声，一股强大的气流吹散了云层。人们抬起头来，一边想看清这个从天空中出现的东西，一边试图躲避这个东西射出的强光。这个东西其实是一个庞大的机器，这个机器有崭新的紫色外壳，上面印着几个大字：

CZ · M 能源吸盘

刹那间，一道透明的原子墙从大地上升起，挡在了能源吸盘前。这正是地球安全局研制出的“原子保护墙”，原子墙不需要供电，它们只要感应到有属于外来的电流，就会自动出现。

原子墙的出现对地球人来说，就像驱散阴云的太阳，给他们带来了心理上的光明和希望。

然而——

“砰！”一道更猛烈的光从能源吸盘的发射口边一闪而过，没等人们反映过来，原子墙里就已经亮起了红色警报灯。“叮——叮——红色警报！红色警报！原子核心已损坏，大量原子已分散，原子墙即将崩塌，请尽快修复！请尽快修复！”毫无感情的机器人声在大地上回荡着。

“嗞——”原子墙消失了，它带着地球人的最后一线希望消失了。

能源吸盘开始快速转动它的吸盘，它转动的速度几乎比飓风还要快，让人看得眼花缭乱。很快，植物慢慢地枯萎了，大地慢慢地干涸了……地球上的能源在快速地消失。汪洋大海变成了几潭污水；一望无际的森林变成了不毛之地；肥沃的土地变得寸草不生……仅仅一小时，地球发生了翻天覆地的变化。

一艘艘飞船降了下来，一个个章鱼士兵走出了飞船，人们惊恐地叫着，但即使这样，他们也无法逃脱恶魔之手……

“不！不——”王天佑尖叫道，他猛地从床上坐起，双手颤抖着，两眼不住地望着周围。一瞬间，战火纷飞的场景消失了，取而代之的是昏暗的房间和陈旧的家具。

气氛又恢复了宁静，王天佑无论如何也无法忘记那一天，那灾难的一天，他几乎每晚都要做一遍那个令他恐惧的梦。这个梦让他难以入睡，甚至害怕入睡。

王天佑知道自己是睡不着了，便翻身下床，床发出“嘎吱”一声，好像随时都会散架一样。王天佑走出房间，来到走廊里，走廊里的墙上灰尘密布，上面贴了许多王天佑的奖状。曾经，这是他的骄傲，但现在对他来说，连废纸都不如。

王天佑走出房门，漫无目的地走着，仰望着寂静的夜空，仿佛在思考着什么事。

3065 年 12 月 30 日，宇宙最黑暗的黑帮——S 团队毫无征兆地向地球发起了进攻，连一张宣战书或开战声明都没有，这种做法在宇宙里意味着轻蔑，但，他们并不轻敌。虽然地球人本来就不是他们的对手。

斯坦恩和他手下的人都长得魁梧奇异，从远处看，就像把一只乌黑的章鱼盖在一副人的躯体上充当脑袋；从近处看，才会发现他们的皮肤像腐烂的食物一样，散发着臭味儿，那令人作呕的八条章鱼腿像八条粗壮、笨拙的毛毛虫一样蠕动着。在那张处处透露着残暴和冷酷的脸上长着一副奇特的五官：他们的眼睛小得似乎只有一条缝，凶狠的目光让人胆颤心惊；他们没有鼻子，耳朵是一条长长的裂缝，像两条伤疤一样长在脑袋的侧面；嘴唇皱巴巴的，必要时能够张得很大，他们的牙齿全都长在那条发灰的舌头上，像一块块锋利的岩石，闪动着寒光，仿佛随时等待着“食物”的到来。

也有一些人企图逃跑和反抗，但都被他们抓了回来，并且用各种残忍的方式折磨他们，这是王天佑在那一天里看到的最后一幕。

然后，他突然眼前一黑，失去了意识。王天佑醒来后发现自己躺在家里的床上，他第一反应是这只是一个噩梦，但想象是美好的，现实却是残酷的。当他走出房门，看到这荒漠般的大地，硝烟尚未散尽的战场以及弥漫着灰尘的天空时，他才意识到，这不是一个梦，而是现实。

地球上的能源已经枯竭。王天佑靠地下仓库里仅存的一些压缩食品和水源将就度日。他对时间没有任何感触，每一天、每一刻，在这个无生命力的星球上，都是雷同的。当然，他也无法解释这一切，无法解释他为什么还活着，这至今都是一个谜。但随着时间的推移，这个谜也不怎么重要了。

现在，王天佑心中只有一个想法，消灭斯坦恩，让地球重见光明，让所有人离开黑暗。

王天佑看着那苍茫的夜色，心中充满了寂寞和空虚。五年前，有无数人可以跟王天佑一起欣赏沉静如水的夜幕，但现在，只有他一个人了……

“砰！”王天佑身后突然传来一个重物的掉落声……

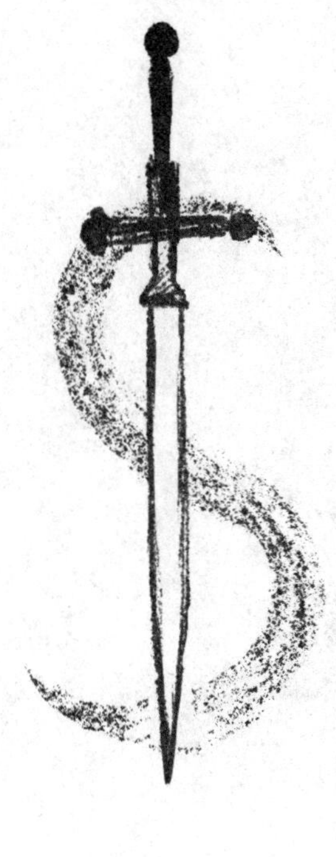

第二章 不速之客

“谁？！”王天佑猛地转过身望去，那个东西动了一下，王天佑戒备地走过去，发现那里竟然躺着一个女人。

“咳咳……”女人被掉落时激起的尘土呛得连连咳嗽。她踉踉跄跄地爬起来走了几步，喘着粗气。

等尘土散开时，王天佑才看清了她的模样。一件墨蓝色的披风，像瀑布一般从那头卷发下流出，一直流到脚边。她的头发是深红色的，像火焰一样红，她有一双琥珀色的眼睛，深不可测的目光里隐含着一股复杂的感情，仿佛隐藏着什么不可告人的秘密。她身上穿着一件淡紫色的紧身飞行服，上面沾了一点儿灰，但仍然显得很有光泽。脖子上挂着一个带着神秘气息的项链。这条项链用细细的银丝串起，中间有一个浮着一层银色光辉的弯月形吊坠，上面有一些小小的符号。那些符号是由点组成的，相互分得很开，这一发现让这个女人在王天佑心中有了几分神秘。

女人也发现了王天佑的存在，但双方都保持着沉默。她有些惊奇地打量眼前的这个男人：纯黑的头发和眼睛，偏清秀的五官看着又很有阳刚之气；一件看上去很旧的夹克，牛仔长裤；但从他脖子上的标记看出，他也是一个实验品。何萍有点儿失望。她脑海中浮过一条数据“……至今唯一一个不知道自己是实验品的人……”想到这个，她用带着几分高傲的语气问王天佑：“你是王天佑吗？”王天佑愣了愣，有些疑惑地问：“你怎么知道？”问完这句话，王天佑才发现自己有太多的问题想问她了：她从哪儿来，叫什么名字，为什么会来这里……

“怎么知道的？”她微微皱了皱眉头，“你不过是一个实验品而已，你似乎被假象蒙蔽了。”

“什么？！”王天佑一时反应不过来，他疑惑地看着眼前这个女人。

假象？实验品？

何萍看了王天佑好一会儿，说道：“嗯——我叫何萍。如果你帮助我从这儿出去，我可以告诉你是怎么回事。也就是说，如果你不反对的话，我们可以暂时做一会儿——盟友。”比起刚刚的语气，她已经友好很多了。

王天佑有些犹豫，他不断告诉自己，何萍并不值得信任，也许她跟斯坦恩一伙。总之，在理智的阻挠下，他决定拒绝。

正当他准备回答，一阵震耳聋欲的“呼呼”声冲进他的耳朵，撞击着他的脑神经。一瞬间，无数的石沙和尘土遮蔽了他的视线。在混乱的暴风中，他的脑袋里出现了三个字：沙暴兽。

这是一种体型庞大的怪兽，三头六臂，满口獠牙。它的身体是由沙组成的，准确地说，是流沙，这基本上就等于拥有不死之身。想要伤害它，必须用与沙相克或能产生相斥状态的一种能量形式去攻击，才能对其造成伤害。这么恐怖的物种，只有在地球现在这种恶劣的坏境中才会出现。

怎么办？王天佑紧张地想，屋子里倒有不少高科技的武器，甚至还有一架飞船。但这里离屋子少说也有几百米，而沙暴兽找到他顶多再花几秒。

就在王天佑绞尽脑汁想办法时，何萍从容地从她随身带着的一个小巧玲珑的银色小箱子里拿出一个水杯大小的红色胶囊。接着，她轻巧地把胶囊往空中一抛。胶囊在尘土中爆裂开来，然后慢慢变成一个小小的光环，接着慢慢膨胀成一个彩色的旋涡，旋涡口正对着他们。何萍看了看王天佑，不冷不热地说："想逃命就进去吧。"然后拿起箱子，跨了进去，消失在旋涡中。王天佑别无选择，也只能小心翼翼地跃了进去。

一进去，王天佑立刻涌出一种奇异却又似曾相识的感觉。这里面仿佛是一条没有尽头的隧道，隧道有彩色的光交织在一起，王天佑感到自己在快速前进。

几乎一秒的功夫，一切消失了。王天佑的身体往下一沉，发现自己坐在了家里客厅柔软的地毯上，何萍站在他面前，平静地看着他。

“你到底是谁？为什么会有这么多正常人不应该有的东西。”王天佑盯着何萍问道，“且不说刚才的空间胶囊，你的箱子……应该也不是普通的箱子吧，如果我没记错的话……”

“没错，这是万能箱子。”何萍毫不遮掩地说道，“可谁说只有不正常的人才能有这些的？你——听说过柯丽娅这个名字吗？”。

柯丽娅？王天佑瞪大了眼睛，脑袋里拼命挖掘着有关这个名字的记忆。何萍撩了撩她那红色的秀发，微微侧了侧身。“叮”，在何萍耳朵背后与头发交界的地方一个迷你的小机器浮现出一个小光点。王天佑没有这个东西，但他知道这个东西名叫GC服务器，它有几十种功能，可以接收到佩戴者的脑电波，所以可以用意念命令它。

“搜一下都有嘛。”何萍有些不满地说。那个光点射出的光变成了一个透明的大屏幕，上面慢慢出现了荧光蓝色的字：

柯丽娅。（称号，真实身份未知）

女，混血，生年不详，星际MZJ保卫局一级保密人物。

会101语言、黑客技术11级，星际特工武技8级，20岁之前学会了所有的特工必备技能和各种器具使用方法。

23岁时和另外923名地球公民被臭名昭著的斯坦恩组织（也就是现在的S团队）捉去做奴隶和实验品。凭借自己的聪明才智和随身武器，柯丽娅逃出了监狱，并仿造外星人植入地球人大脑中的机器制作出了“监控芯片”。柯丽娅潜入分基地，给S团队里几名重要的外星人植入了“监控芯片”，并埋放了几枚炸弹。整个过程竟没有一个外星人察觉到。三天后，柯丽娅得到了有关基地的重要机密，她带着幸存的3785名公民驾驶着一艘飞船在一天夜里逃回了地球。黎明时分，炸弹引爆，整个基地淹没在爆炸之中。这大概是有史以来人类对S团队最有力的一次回击……

王天佑震惊地瞪大了眼睛。“你——是柯丽娅？！”王天佑不敢相信，“你也当过特工？”

“没错，我原来确实叫柯丽娅，后来我改了一个比较普通的名字，何萍。”何萍一脸无所谓地说道，突然她话锋一转，看似漫不经心地拿起桌上一个沾满灰尘的木偶，嘴角上扬，对王天佑说：“这个木偶很漂亮，不是吗？”

王天佑扬起了眉毛，那个木偶是地下室的开关。虽然何萍刚救了他的命（他心里并不愿意承认这一点），他也不想和一个莫名其妙从天上掉下来的女人合作。他重新看向荧屏上的介绍，好吧，她的历史确实很辉煌，可这样一个厉害的女人为什么会掉到这呢？总之，一切都很可疑，他不能相信眼前这个人，更何况，他也不喜欢别人碰他的东西。

何萍的拇指已经按下了木偶的脑袋。

“哔——”木偶的脑袋竟然被按了下去，随着一声短促尖锐的蜂鸣，地板上出现了一个洞口，客厅的电视柜以及上面巨大的电视慢慢地降了下去。被电视机遮挡住的墙面，竟然像升降门一样慢慢打开了。

“嘎吱嘎吱”，门显然好久没有用过了，有些困难地升动，慢慢露出了一个神秘的通道。浅灰色的方块组成的墙壁，笔直地向前延伸，尽头出现了两个拐角，显得不太和谐。天花板上亮着昏暗的灯，似乎随时都会灭。

“我能进去吗？GC已经感应到了里面有……”何萍还算比较有礼貌地说道。

“很抱歉，”王天佑一把抢过木偶，“我不知道你爸妈有没有教过你，未经允许动别人东西是不好的。”

何萍转过头，屋子里的气氛骤然紧张起来：“你是什么意思？”何萍高傲地看着王天佑，在她眼里，这样的实验品根本不是她的对手。如果王天佑服从的话，他们当然可以和平相处，而他却在十秒前戳到了她的痛处。

“我的意思很简单，我并不欢迎你。”王天佑没有表现出一丝恐惧。

“你觉得你是我的对手吗？”何萍知道时间紧迫，不容她在这儿耗。她不再理睬王天佑，径直走进了通道。

“嘿！”王天佑抓住了何萍，“你这个从天上滚下来的疯女人——”

何萍一把甩开他，力道之大使王天佑被摔在了地板上。

“我？！从天上滚下来的疯女人？！”何萍跟着GC的指示往前跑，嘲讽道：“那你呢？一无是处的废物吧，连自己是什么东西都不知道。你真是太天真了，王天佑，你居然毫不怀疑地相信你活下来纯属偶然。斯坦恩没有你那么傻，他对投资所要求的回报是任何人都无法想象的。他让奴隶去做体力活为的是赚钱，那他让你舒服地活在这儿是为了什么？他没有怜悯之心，他不会同情任何人！包括你！”

王天佑爬起来，从桌子上抓起一个看上去快要散架的编织娃娃，毫不犹豫地扔向正在狂奔而去的何萍。编织娃娃在半空中变成了一条无限伸长的绳索，何萍还没有感觉到它，它就结结实实地绑住了何萍。

“你真是个蠢货。”何萍挣扎着瞪着王天佑说。

“愚蠢且没教养的人才会被绳子绑住。”王天佑讥讽道，何萍努力用GC的激光割破绳子但失败了。王天佑得意地站起身，拍了拍身上的灰。

“砰！”两人都没反应过来怎么回事，一个手榴弹突然砸破了天花板，落在了客厅。王天佑反应还算快，冲进了通道，按下一个按钮，通道的门迅速闭合了。

“S团队的人来了！”何萍叫道，“快放开我！”

“我是傻子吗？”王天佑没好气地说道，他不理何萍，以最快的速度往前跑。在拐角处，他回头看了一眼何萍，她仍在奋力挣扎，努力挣脱绳索。

王天佑竟觉得自己应该去救她，他极力劝阻自己的内心，却又向何萍跑去。

“我真是个蠢货。”他恼火地说道，解开了绳索，把编织娃娃抓在手里。

“噢，谢了。”何萍说道。

“嗯……”王天佑尴尬地说道，如果不是他，何萍也不会被绑在那儿。

两人在迷宫般的通道里狂奔。

屋外，一大堆章鱼士兵准备破门而入。

王天佑和何萍继续在仿佛没有尽头的通道里跑着。

“我还是从头讲起吧。你知道，S团队势力很大，几乎扩展到了半个宇宙。斯坦恩占领的恒星、行星不下万个，从其他星族手里夺过来的星球不下百个。他很贪婪，不管是对金钱、名誉、权力还是地位。我先提一下，斯坦恩手下的科研人员发明了一种高科技的东西，不知你听说过没有。其实是一个用于实验和观察生命体的大实验球，占地约一百多平方米。当然，他们想把这个卖出去就必须向所有客户公开实验过程，证明它的价值。他们要先亲自观察一些生命体，并从各种方面写研究报告，待客户满意后才有钱赚，顺便说一句，他的客户基本上也全是些臭名昭著的坏蛋。当然，找到这些所谓的生命体最简单的办法就是从已占领的每个居民星球里选。他们事先复制了那些星球的构造，然后把它们分别放进一个个小型实验球，当然，这些都被缩小了。任何进入这个实验球的事物都会被同比缩小很多倍数，不管是实验品还是考察的科研人员，也包括没有生命的物体。最后再把选中的人放进去，再给他们足够的生活必需品。显然，你就是地球上被选中的那个，而且你一直都没有察觉到，不是吗？他们同时从外部也就是透过实验球和内部的监测器观察着你。”何萍的声音在空旷冷清的通道里回荡着，“我们所处的地方不是真正的地球，而是仿造的。我希望你百分之百的相信，我们在宇宙中的S科研中心的九号观察室的大实验球里，地球只是很小的一部分。一号室就是专门监测实验品的动向的，他们肯定已经发现了异常，所以我们得抓紧时间。”

王天佑专注地听着，他努力接受所有的信息，似乎完全理解了斯坦恩设的圈套，又似乎反应不过来。何萍的声音在他脑海里回响着，他静静地思索着，思索着一个仿佛永远无法弄清的问题。

“其实我本来是想进幻影星球的实验球救我的朋友，但是一不小心掉到了这里。我没有其他选择，只好缩成一团快速掉了下来。” 何萍率先打破了死一般的气氛，她顿了顿略有歉意地说，“如果—— 我出去以后，有人追到这里，你就凶多吉少了。不过，那时候你供出我也没问题，要是情况太紧急，你可以说是我逼你的。”

“额，”王天佑犹豫地说道，“我改变主意了。”

何萍看着他。

“我们一起走吧。”王天佑说，他突然觉得这是一个逃出实验球的机会。

何萍笑了笑：“那就快点吧。”

在绕了很多弯以后，王天佑和何萍来到一扇大门前。王天佑站到大门旁边的摄像头边，面部扫描结束后，两扇厚实的门板缓缓地打开了。

王天佑站在门边，何萍瞪大了眼睛，不可思议地看着里面：成堆的各种武器，甚至还有一些是何萍从未见过的；几套崭新的飞行服，还有许多类似于万能箱子的随身携带的器具。但最吸引何萍的还是那艘崭新闪亮的飞船。这简直是何萍见过的最漂亮的飞船。

银色的外壳，流线型的前端适合冲刺、追击。整体的形状又能适应很多突发情况，例如收缩自如的两端，进入行星或陨石群时可以轻松躲避其他飞行员避之不及的“不速之客”。飞船底面积约几百平方米，有几十个舱室，分别有不同的作用。其中有两个舱室在危急时刻能变成小飞舰。“你用过它吗？”何萍目不转睛地看着飞船，用激动的声音问王天佑。“用过一次，挺好的。”王天佑想着心事，漫不经心地回答道。

王天佑在听完真相后，离开这里的想法更强烈了。在很早以前，一个计划就已经在他脑海里拟定了。只是……

“如果你现在改变主意也没关系。你只要把我放进幻影星球所在的实验球就OK了，我和我的朋友米兰达会自己想办法的。”何萍察觉到了王天佑的变化，却误解了他的想法。

“不，”王天佑坚定地说道，“我们一起出去。”

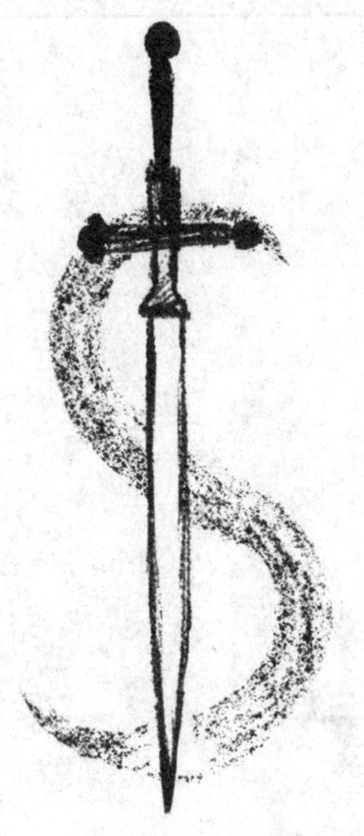

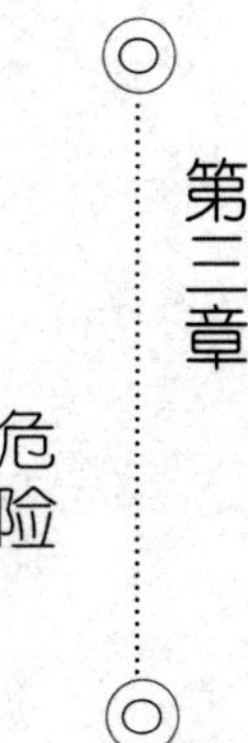

第三章 危险

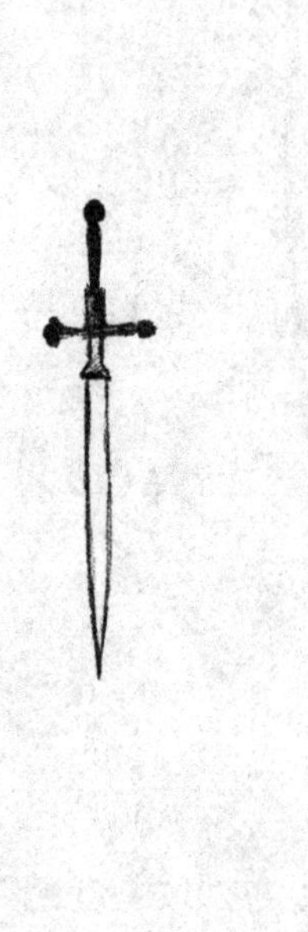

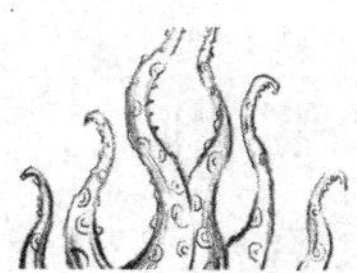

王天佑上去启动飞船，何萍则抱了几箱武器到飞船上。

正当何萍准备再抱一箱时，突然愣住了。她透过飞船的舱窗看王天佑，只见王天佑把食指竖在嘴边，显然王天佑也听到了声音。“一号队回复三号队：没有发现他们。”“三号队回复一号队：我们已经走过三个尽头，这个迷宫很复杂。”“二号队：我们疑似发现了他们的踪迹，前方拐角有明显的亮光。”“一号队回复二号队：保持警惕，立刻报告你们的地理方位！”这些声音在通道里小声回荡着。

王天佑抬头看看头顶的灯，正好和通道的灯形成鲜明对比，异常明亮。拐角处传来了脚步声，来不及多想，王天佑冲过去按下了关门的按钮。何萍急忙从武器箱里拿下两把装弹的枪，丢了一把给王天佑。

无奈门的速度太慢，才关了三分之一，几个身穿盔甲手拿着冲击枪的士兵就出现在了王天佑和何萍的视线里。

他们手里拿着枪，打头一个正对着对讲机讲：“地理方位是——”

何萍眼明手快，按下了枪，瞬间正在通讯的那人倒下了。

门关了二分之一，刹那间，S 团队的士兵如潮水般地出现了。王天佑一边反击一边按下了“起飞”的按钮，对何萍叫道：“快上来！”

何萍向飞船跑去，她跳上飞船，张嘴想让王天佑快去驾驶室，两腿就被人一拉，半个身子滑下了飞船。何萍急忙用手紧紧地抓住门边的一根杆，下身越来越疼。何萍小心翼翼地回头看了一眼，两个士兵各拽着她的一条腿，此时飞船已经飞到了六七米的样子，已经撞破了天花板了。

何萍拿起枪对着那两名悬在空中的士兵。她一枪崩掉了一个士兵，另一个士兵却已把枪口对准她的脑门。而王天佑抢先一步开了枪，两个章鱼士兵都落下去了。

何萍爬上了飞船，此时，飞船已经完全进入了自动驾驶模式，升到了王天佑家的上空，越来越多的士兵向这边跑来，他们的战舰也开始启动了。如果不尽快逃跑的话，可能就没机会了。

沙暴兽粗暴地想阻止这艘逆风而行的飞船。“原来是无声枪啊，要是有枪声，会更壮观一点。”何萍望着冒烟的枪口说道，“废话不多说，逃离这里是最关键的。”说完，何萍走进了驾驶室。

王天佑关上了厚重的舱门，四下看了看，也走进了驾驶室。驾驶室宽敞明亮，约二十多平方米的样子，墙色就像晶莹剔透的淡蓝色水晶一样，看着十分舒服。里面有两个驾驶位，一个是主驾驶位，操控驾驶飞船；一个是副驾驶位，协助主驾驶员且负责攻击敌人。驾驶位置前面是一块很大的防弹拱形玻璃，驾驶员可以透过防弹玻璃把前面的情况看得一清二楚。在两个位置之间，有一个小型屏幕，驾驶员可以通过它了解飞船各个方向的情况。在驾驶室右侧的墙上，有一个很大的屏幕，上面是飞船的立体模型图，不管飞船哪个部位损坏，屏幕上都会显示出来并发出警鸣。

此刻，何萍正坐在主驾驶位上驾驶飞船。她躲避着炮弹，又一边有点儿慌乱地回击着。王天佑看出她的手法不是特别纯熟，惊讶地问道："这是你第一次开飞船吗？""当然不是，"何萍不好意思地说道，"但这是我第一次遇见这么糟糕的情况，我从没花大工夫去训练自己的驾驶技术。"的确，这里的情况确实让人不忍直视。四周全是迷乱的沙尘，即使有一艘飞船从正面直接撞过来也很难看清。后面全是全副武装的敌人，一个个炮弹接二连三地冲来，只能通过那杂乱的风沙中极速移动的点点星火来判断炮弹的大致方位并在第一时间躲开。何萍突然想起之前的话，便问道："你想去哪？""额——"王天佑犹豫了一下，经历了这么多事后，王天佑已经把何萍当成了同甘共苦的朋友，但他还是对何萍说，“就按你说的吧，先去你朋友那——叫幻影星球对吧？”“对，太好了！”何萍很开心马上就能和好朋友重逢了，一时有点儿走神，没料到一颗炮弹正慢慢向飞船逼近——

没等他们反应过来，“嘭！”随着一阵猛烈的撞击声，飞船先是剧烈地摇晃了一下，然后猛地往下一沉。

何萍滚到了地上，脑袋昏昏沉沉的。王天佑的叫声被堵在喉咙里，他费力地抬起头看向旁边的屏幕，飞船的尾部被严重烧毁，火势还在扩大着。

王天佑看见何萍很吃力地从地上爬起来，手抓住操控杆，维持着驾驶。王天佑关切地问道：“你还好吧？”何萍点点头，但她的表情正好相反，她抬头望望后面，说：“你快去检查一下后面。”

警鸣突然响了起来：“尾部大面积损坏，请尽快迫降修复！请尽快迫降修复！”王天佑急忙跑出驾驶室，向飞船的尾部跑去。

快到尾部时，王天佑被一股浓烟呛得连连咳嗽。他从突发情况预备箱里拿出一根安全绳，一端固定在墙上，另一端栓在自己腰上。接着他拿起灭火器，冲进了浓烟。王天佑一边沿着墙慢慢走，一边挥手驱散着烟雾。到了尾部，眼前的景象让他惊呆了：几乎半个尾翼都被炸掉了，剩下半个淹没在熊熊大火中。王天佑毫不犹豫地举起灭火器到处喷，火渐渐被扑灭了，但新的麻烦又来了。

由于尾翼被炸掉，火又没了，所以相当于尾部形成了一个巨大的通风口。此时此刻，一艘飞船不偏不倚正好处在这个“通风口”的正后方，这艘飞船也打开了它的舱门。两只巨大的、恶心的、黏糊糊的、凶猛的、不怀好意的野兽正瞪着血红的眼睛看着王天佑，怒吼一声，嘴里雪亮的尖牙摩擦着，等待着猎物。这是S团队养的“宠物”，也是他们的坐骑。他们其实就是章鱼，不过放大了几倍，恶心了几倍。王天佑呆住了，往后退了几步。这时，两个狙击手也出现在了舱门，枪口对准了王天佑。王天佑这才反应过来，掉头就跑，一边在身上找武器。

驾驶舱里的何萍，也感到了尾部的异样。她把摄像头角度调到后面时，也看到了相同的景象。何萍一惊，眉头皱了皱，看了看测速仪，现在是二挡。想甩掉他们，最简单的方法就是加速，可在这种环境下，一档是很危险的。犹豫再三，见两个狙击手已经坐到了章鱼怪背上，何萍心一横，按下了一档的按钮——

所有的事情仿佛都发生在一瞬间：飞船往前猛地一冲；王天佑的安全绳从墙上脱开了，他被甩到了驾驶室门口；何萍捂着脸叫起来，因为飞船飞得实在是太快了，旁边的尘沙飞一般地掠过，让人眼花缭乱；两只章鱼同时起跳，却几乎就差一点点的距离扑了个空，和狙击手一起坠入了深渊的太空。

飞船还在疯狂地直冲，王天佑大喊道：“你疯了吗？”

何萍猛地调回二挡，几乎疯狂地叫道："难道这是'银色闪电'吗？""恭喜你答对了！"王天佑艰难地站起来说道。

何萍转过头，不可思议地看着王天佑说："'银色闪电'？！那你就是——""对，就是我。"王天佑有些不好意思地说道。"那么，我看还是你来驾驶飞船比较好。"何萍羡慕地说道："真羡慕你有'银色闪电'这么好的奖品，虽然我也参加过不少比赛。"

王天佑坐到了驾驶位上，问："接下来怎么走？""还真有点儿麻烦。当务之急是甩掉S团队的人，不过一时半会儿他们应该还不会追上来。我觉得吧，先飞低一点儿，这样他们从外部也不容易找到我们。往中间飞，地球在外部，幻影星在中部，你先在中部一带随便转转，不规律的路线，他们不能确定我们在哪里。"何萍分析道。

"看前面！"王天佑突然叫道。一道透明的屏障突然清晰的出现在尘埃间，给人一种庄严的感觉。"哦，忘了跟你说，我们可能会遇到很多类似的东西。先飞低一点儿，然后撞破它，这个不怎么结实。撞破它，我们就能出去在大实验球内的小实验球之间飞行，找到幻影星球了。啊，马上就能离开地球这个鬼地方了，真是一件令人愉快的事！"何萍看着前面的屏障说道。

王天佑听完何萍说的最后一句话时，突然觉得不是滋味，毕竟他是一个地球人。他唐突地问了一句："你身上有地球的血统吗？”何萍被他这么突然一问，脸色突然变得有点儿难看，她像隐瞒着什么事一样说道：“额——这个——有当然是有，但是不完全是——我是混血嘛。”“那你的另一半血统是——？”王天佑撞破了屏障，突然被眼前的景象惊呆了。无数个大大小小的实验球，每个都与众不同，依稀透露出点点色彩，“是哪个啊？”“哦，你先往前飞，我每个都看一下。”何萍趁机转变了话题，透过窗户向下认真地看着。

王天佑把飞船飞得很低，几乎快要贴着实验球的表面滑行了，这是为了方便何萍去辨认。

何萍看得十分仔细，她甚至看到了每个实验球里模糊移动的生命，有些生命似乎注意到了头顶这个庞然大物，当他们看到这艘飞船上没有“S”的记号时，眼里露出了对自由的渴望和求生的欲望。何萍看到一个紫色皮肤的外星小女孩，她扬起稚嫩的小脸望着头顶上的飞船，大眼睛里满是祈求。“她想出去，”何萍想道，不知不觉，她的眼角居然有点儿湿润，“像她这么大的孩子应该享有一个美好的童年。”

她的目光落到了飞船内部，这里应该能容得下很多人吧，但随即她又看到了王天佑，“他不会同意吧，他只想救地球上的人。”想到地球，记忆里的某个片段再次把何萍的神经刺痛了。

“啊！”飞船突然再次猛地一晃，把沉浸在回忆里的何萍拉了出来。“怎么了？！”何萍问道，一边去看了看飞船屏幕。不看不要紧，一看吓一跳。何萍还没来得及说话，警报声已经响起：“紧急通报！飞船内部在三分钟前的战斗里被损坏，十分钟内请立即迫降！十分钟内请立即迫降！”

王天佑和何萍互相看了一眼，何萍突然像发现新大陆一样指着前面叫道：“快看！”

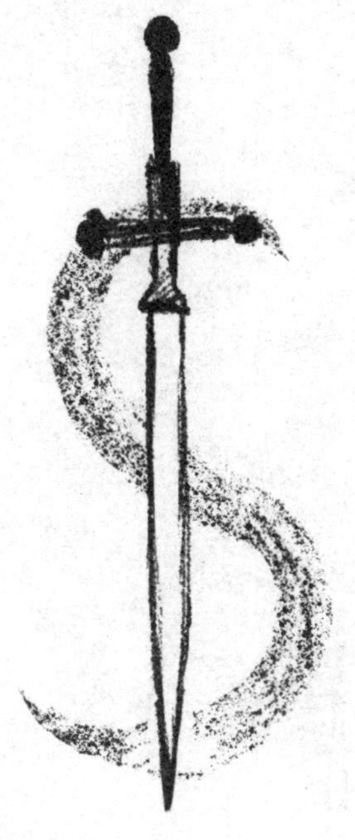

第四章 幻影星球

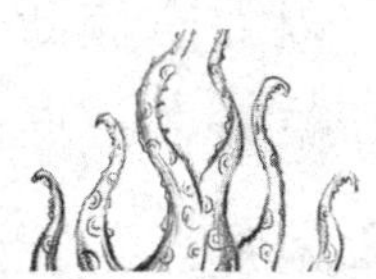

王天佑朝前一看，一颗美丽的实验球浮现在他眼前。

在一堆毫无生气的实验球中，这颗显得与众不同。它的外表比其他的实验球更光滑更晶莹，透过像一层薄雾似的外表，仍可以看见里面的斑斓和生气。整颗实验球都散发着神圣的气息，王天佑忍不住开始想象当幻影星球没有被困进实验球时该有多美。

“快降落！”何萍的叫声把王天佑拉回了现实。王天佑驾驶着飞船，冲进了实验球内，在撞破实验球的那一刹那，王天佑心里都有些不忍破坏这颗实验球外表的和谐，但他没有说出来。

王天佑慢慢把飞船降落到了一片绿油油的草地上。“哗”，飞船震了一下，自动熄火了。

“幸好已经降落了。”王天佑想道。这时，何萍突然说道：“你怎么走？”“嗯？”王天佑一愣，他差点忘了这事。“你不是要去救地球人吗？”何萍问道，她想了一会儿又说道：“要不你和我一起去见米兰达吧，她的父母都很善良，而且都是飞船设计兼机械师，他们也许会帮你修好飞船。”“那我们出发吧，我一个人拿这个飞船也没办法。”王天佑说道。

两人站到了门边，因为电流断了，门已经打不开了。何萍看了一眼王天佑，说道：“介意我粗暴地对待一下你的飞船吗？”“还是我来吧。”王天佑急忙说道，他知道何萍要干什么，便一使劲，一脚踹开了舱门。“力气不错。”何萍说着走出舱门，来到了幻影星球的大地上。

迈入这个世界，王天佑简直无法相信眼前的一切：蔚蓝的天空、洁白的云朵、清澈的溪流、一望无际的草地、竞相开放的花儿、湿润的微风……这和地球那遍地的黄沙，仿佛永远刮不完的沙尘暴简直有着天壤之别。最奇特的是，这里的山是彩色的，因为每棵树的叶子都五彩缤纷，在这一点上它们绝没有输给五颜六色的花朵。

相反，何萍对这一切的反应很平淡，她对王天佑脸上的震惊感到好笑，决定给他科普一下：“你知道幻影星族的名气吧？”“传说中的‘不败星族’？”王天佑很感兴趣，“能制造幻影？”

“是的。”何萍说，她整理了一下自己的服饰，“他们是一个非常厉害的星族。每个人都有一种叫幻影棒的东西。”“啊，这我知道。”王天佑答道，“幻影棒其实是一种很高级的科技产物，对吧？不过我一直很奇怪为什么要取‘幻影棒’这种奇怪的名字。”

“奇怪吗？”何萍摇了摇她那头火焰般的头发，“可能有点儿，但事实上人家的原名不叫这个。它的原名是幻影星族的人取的，还不错，只是翻译过来太复杂了，因为它最重要的功能是制造幻影，所以大家就习惯叫它幻影棒了。”

王天佑和何萍正走在一大片花群中，他突然意识到了什么，拉住何萍，不敢相信地问道：“你不会是想告诉我，我们眼前的这一切，都是他们弄出来的幻影吧？！”

何萍一副无所谓的样子说：“不是‘我们’，我看到的只是一个我心向往的地方。”

“不，可是，等一下！”何萍继续往前走，王天佑急忙追上去，“咱俩看到的不应该一样吗？”

看来我真的需要给他科普一下，何萍想道，虽然很赶时间。“他们做了两个不同的幻影？”王天佑还在猜测。

“你没有真正了解他们。”何萍说道。“我是第一次见呢。”王天佑有点儿不好意思，他在宇宙中见识过的东西也不算少，可是这个幻影星族，他只在书上看到过。

“你看到的幻影是你心中的欲望。”何萍解释道，“它可以感受你的心波，并把你眼前的光子转化为分子并合成物体。而你看到的东西，其实是你心中迫切想要的。每个人的欲望多多少少不同，我们看到的怎么会一样呢？”

“我看到的，”王天佑冷静地看着四周五彩缤纷的美丽世界，“只是我的欲望？”在昏天黑地的地球实验球里住了太久，王天佑审视自己的内心，没错，他的确想要一个像眼前这样的星球。

“是啊，准确地说，我们自己决定了我们看到的是什么。”何萍对王天佑这样的反应已经习以为常，她愉快地说，“我们继续走吧。”

王天佑走在软软的草地上，没错，这一切好像都是真实的，又好像都是虚假的。他好奇地问何萍：“那你看到的是什么？”

“我看到的？”何萍扬起眉毛，“这涉及我的隐私权呢！”

两人笑了起来。

“这么说，他们的幻影棒真的太厉害了。”王天佑感叹道，“是因为它，幻影星族才得到‘不败星族’的称号吗？”

何萍微笑着说：“王天佑，难道你不喜欢此时此刻你眼前的世界吗？”

王天佑认真地看着前面，他发现这些景物真有一种奇特的力量，让他很难挪开视线。

“如果每个人都在属于自己的幻影泡泡里享受，又有哪位英勇的战士与幻影星族战斗呢？”何萍也走在自己的幻影里，说道，“我们最大的敌人，不过是自己的欲望。掌握了这一点，幻影星族真的可谓战无不胜，不战而胜。”

“他们是唯一能与S团队对抗的吧？”王天佑叹了

一口气，“可怎么也被俘虏了呢？”

何萍沉默了很久，慢慢地说道：“王天佑，你要知道，没有人能真正遏制自己的欲望。我们可以与之对抗，努力控制它、压制它，但不可能真正让它消失。”

王天佑听明白了何萍的意思：“幻影星族也毁于欲望？”

“是的。”何萍沉重地说，“但我认为他们已经是大无畏的勇士了。当其他人面对幻影时，都无药可救地沦陷进去；而他们，直面自己的欲望，直面内心深处最渴慕的东西，也不为所动。当然了，还是有人克制不住自己。”

王天佑觉得好像有什么东西掉进了自己心里，他突然想起了一个很久都没得到答案的问题：“那他们是坏人吗？”

“好坏不是绝对的。”何萍说，“但没有人能成为整个宇宙的霸主。宇宙太大了，有太多太多奇特的东西，太多太多有特异功能的人。可以相依为命，可以互相扶持，可以自相残杀，可没有人能得到所有，这是宇宙的规则。侵略领土之外的地方，从道德上讲当然不好，而且想要满足自己的欲望总归要拿什么东西来交换吧。正是幻影星族对地盘和地位的欲望让他们如此。你可以觉得他们是坏人，受到了惩罚。”

王天佑找不到合适的话开口，但他心里没有理由地认为，幻影星族不是坏的。

“我们到了。”何萍拉着王天佑停下来，好像有一扇门在前面一样，她对着“空气”做出一个敲门的动作。

王天佑不知所措，他的前面什么都没有，只有永远看不完的景色。

“别被自己骗了。”何萍甩给他一句话。

王天佑没来得及回嘴，面前突然出现一坨荧光蓝的东西，他吓得后退一大步。

“快点儿进来。”原来是个人，她似乎很高兴见到他们。

王天佑无法接受，好像凭空出现一道空间传送门，他一进去，却看到了一间普通得不能再普通的房子。

房子有好几个房间，墙壁和地板都是木头色的，有两扇窗户，光线柔和地射进来，外面的景色没有变，好像这个房子就存在于这片幻影中。

王天佑看着这个女人，总觉得她身上有一点很不一般，但又不知道是哪一点。她的皮肤像象牙一样洁白、毫无瑕疵，偏偏衬上一双彩色的大眼睛，说是彩色其实也不完全是，准确地说应该是把几种搭配起来很自然的浅淡颜色混合在一起，在光线的折射下，显得十分迷幻、奇特。她有一头蓝色的卷发垂到腰间，这种蓝色既不是天空的蓝，也不是大海的蓝，而是一种荧光蓝，自带一层光泽，除此之外，这还是一头很蓬松、杂乱的头发，这就显得那头卷发更卷，那层光泽更莹亮。米兰达个头比何萍矮了一点儿，但她的身材很苗条，即使是穿着一件宽大、一直拖到地上的长袍也能看得出来。

“何萍！”米兰达欢喜地拉住何萍的手，她的声音比起何萍没有那么尖细。

“米兰达，见到你我也很高兴！你爸妈怎么样？”何萍说道，这是王天佑认识她以来看见过的最灿烂的笑容。“都很好，我们都等着你来呢！行李什么的我们都收拾好了，哦，对了，藏书室里的书还没收拾完，你有兴趣可以再去看看。你这次来一定引来了好多追兵吧，他们在哪？”米兰达说着突然警惕地往门外看了看，看到了王天佑，“哦，这位是？”何萍看了看王天佑，说道：“这是王天佑，地球人，他也是实验品，是他帮助我来到这里的。”

“你好，王天佑！我是米兰达·琼斯，很高兴认识你。”米兰达友好地对王天佑说。“你好，米兰达。”王天佑礼貌地说，“那个……你父母有空吗？”“应该有吧，怎么了？”米兰达垂下眼帘说，“我们先进去吧。”

他们走进这间温暖舒适的木屋，里面的一切都十分古朴。王天佑好奇地四处瞧着，米兰达突然说道：“王天佑，你介意一个人待会儿吗？我想单独和何萍说点儿事。”说着向何萍使了个眼色。“哦，当然不介意。”王天佑礼貌地说道。“那我和何萍就去藏书室了。”米兰达说着拉着何萍去了藏书室。

王天佑不经意地一瞥，吃惊地看见米兰达在转过身的一刹那，脸色瞬间变得悲伤无助，仿佛快要哭出来了。

王天佑看着她们走进了右边的一间房间，他回忆着刚才米兰达脸上那无助的表情，百思不得其解。

这时，一阵低低的谈话声传了进来。王天佑屏住呼吸，好奇地听着。虽然声音断断续续，还很模糊，但认真地辨认，还是听得出来的。王天佑觉得偷听是件不光彩的事，但谈话声却不可阻止地传进了他的耳里：

“米兰达，怎么了？……到底发生了什么！”何萍焦急地问道，可以听出她对米兰达的关切。

“何萍，我……我……”米兰达用带着哭腔的声音几乎绝望地叫道，“我很抱歉，何萍！我，但是我，对不起，何萍……”

“虽然我不太清楚，但是没关系的，米兰达，没关系。如果有什么事，我们可以一起想办法解决，不是吗？”何萍安慰道，王天佑可以想象出何萍拍了拍米兰达的背，米兰达则感激地看着她。

“何萍，你真是太好了！”米兰达感激地说，突然她语调一转，又说道：“但是……这次，你……恐怕，恐怕帮不了我。”

一阵沉默。

“我的妹妹……安吉拉，你还记得吧？”米兰达轻声说道，王天佑费了很大劲儿才听到。

“当然记得，她出事了吗？”何萍察觉到了不对劲儿。

“她被抓走了！何萍！” 米兰达用将近几崩溃的声音尖叫道，“莫斯高塔！一个跟地狱没什么两样的监狱！可为什么偏偏是她，还有玛利亚！你能想象到吗，何萍？你能想象到吗？一觉醒来，她们的床上空空如也，只留下两封入狱通知书！可为什么呀？为什么S团队要这么残忍，就因为他们想要钱，想要地位，就有无数个美满的家庭破碎；就有无数个可怜的人被迫干活；就有无数个孩子失去了快乐的童年；就有无数个人被随意欺辱！”

莫斯高塔？王天佑思索着，脑袋里突然显现出了一个直入云霄、阴森诡异的圆柱形黑塔，一阵阵钻心入骨的凄惨尖叫仿佛回响在耳畔，王天佑不禁打了个冷战。

“安吉拉，玛利亚阿姨！”何萍自言自语道，“怎么会这样！”

整个屋子里只剩下米兰达小小的抽泣声。

“他们把……把，莉安娜……也带走了……”米兰达用带着歉意的声音说道，“请原谅我，何萍，我辜负了……你的信任。”

“哦不！莉安娜！竟然连她也不放过！”何萍悲愤地叫道，“这是跟我们过不去吗？”

“我不会放过他的，我要亲手杀了樊肖！他背叛了幻影族！他背叛了自己的血亲却归顺了一个恶人！何萍，这是我第一次觉得一个背叛者是多么令人憎恨！天哪，我的心里竟装着这么多仇恨，我不想被仇恨控制，可我觉得我们现在必须反抗。”米兰达坚定地说道，这是发自内心的话。

“你说得对，米兰达。”何萍受了米兰达的感染，“在宇宙里，善与恶一定是同时存在的。既然有斯坦恩和S团队这样的邪恶势力，就一定会出现一股正义的势力和它对抗。而且我相信，正义永远会胜利！”

“不管如何，我们要拼尽全力，打败S团队，让宇宙重新获得自由，让邪恶得到应有的报应！”米兰达斗志昂扬喊道。

“没错，但在这之前，我们必须先拟一个计划，盲目做事是不会做好的。”何萍也很有激情地说道，但比起米兰达，她可算得上冷静了。

“是啊，”米兰达渐渐平静下来，若有所思地说道，“不过，这事也得叫上我爸爸，我们应该一起商量，他一定会有好主意的。”

何萍建议道：“其实我觉得，我们可以先……”

此时，何萍和米兰达还在交谈着，但王天佑的注意力却转移了。他发现光滑的地面上突然出现了一个黑影，而这个黑影来自于走廊拐角那儿。

他紧张地盯着走廊拐角处冒出的这个黑影，这个黑影的线条很不规则，绝对不是一个人的影子，不过能看出它在慢慢向这边移动。

王天佑的心都提到了嗓子眼儿上，他的神经绷得要断了。那个影子十分高大，王天佑已经能听到轻微的“呼哧呼哧”的喘气声，还有一阵轻微的摩擦地面的声音，他忍不住开始胡思乱想起来，会是什么怪物呢？他想去叫米兰达和何萍，但突然有点儿害臊，觉得自己胆子太小了。从遇见何萍到现在，好像一遇到问题都是何萍主动去解决。

屋子里渐渐静得出奇，王天佑的呼吸声似乎也把何萍和米兰达的声音掩盖了。一小束光从窗外照进，聚焦在了壁橱上精致的小装饰品上。那是一匹小马，上面坐着一个人，不，准确地说，那应该是——一个马人。王天佑的目光骤然被吸引住了，如果不是情况紧急，他多么想去细细地观摩一下它呀。那似乎是一个水晶制品，在光束的照耀下，闪闪发光，生机无穷。王天佑不禁浮想联翩：也许不是水晶，而是一种更美丽的材料，仿佛是一种拥有生命的材料，能在阳光下飞翔的生命……

王天佑的思路被黑影打断，它逼得越来越近了，连对面的亚麻色沙发都被它笼上了一层“阴影”。

王天佑警惕起来，悄无声息地往后退了两步，随手从从桌上拿起一个茶盘作为武器，双眼死死地盯着那个“庞然大影”，做好了准备。

说时迟那时快，一个高大强壮的东西从拐角处闪了出来。速度十分快，王天佑愣了一下，看清了这个东西的真面目，不禁瞪大了眼睛。

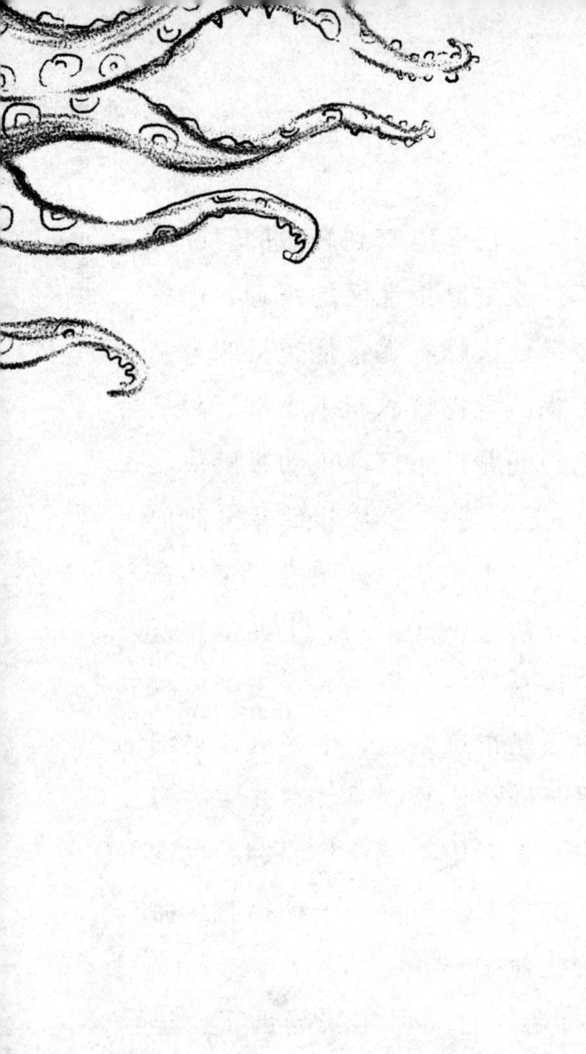

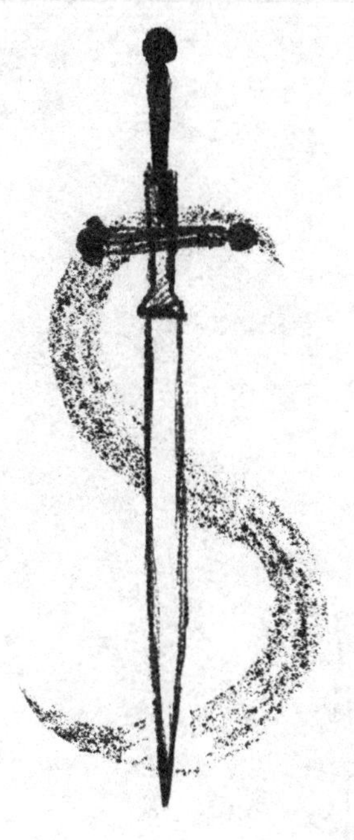

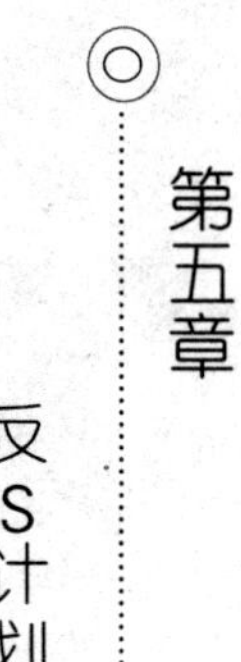

第五章 反S计划

这个庞然大物一看就是稀有生物体，而且，他似乎就是壁橱上那个装饰品放大无数倍后的——马人！所谓马人，就是有着人的上半身和马的下半身的生物。如今，马人已经濒临绝种了。

王天佑一时愣在了那里，瞳孔因恐惧和震惊而缩小，直直地盯着马人。

这是一个高大健壮的马人，足足比王天佑高出了一个头。皮肤呈健康的小麦色，脸颊微微泛红。由于激动，他浑身的肌腱都在颤抖，健壮有力的腿已经有些不耐烦地把木地板蹬得“嘎吱嘎吱”响，仿佛随时都可以蹬破地板一样。

王天佑突然忘记了刚刚的恐惧，好奇地观察起马人来，他从未见过这种生物。

马人有一张十分俊俏的脸，下巴的弧线十分优美。还有那差不多齐肩的金黄色卷发，本来配上那宝蓝色的眼睛是十分好看的，但此时那双眼睛里充满着敌意，整张脸便丧失了大部分美感。他的鼻梁十分挺拔，给这张脸增添了几分潇洒，那张嘴偏薄，可能是因为比较小巧，看着还有点儿秀气。

王天佑一直在观察马人的长相，却忘了当下危险的情形。说时迟那时快，马人突然猛地往前一冲，和王天佑只有一个拳头的距离。

也就在这一瞬间，王天佑和马人刚要扭打起来的时候，何萍和米兰达从藏书室里冲了出来，惊叫道："出了什么事？！"但当她们发现是王天佑和马人，就没那么紧张了。米兰达笑着对王天佑说："这是伯特啊，他是我们的朋友，不用担心。伯特很善良，他不会伤害你的。"何萍也对伯特说："这是王天佑，是他帮助我来到了这儿，他不是坏人。"

伯特似乎很信任她俩，一听他们这么说，神情立刻缓和下来，友好地伸出一只手。王天佑也不那么紧张了，伸手握了握那只结实的大手，说："你好，我是王天佑。"

伯特有点儿不知所措地看着何萍和米兰达。"忘了说，伯特不怎么会说话，你不了解马人的特点吗？"米兰达有点儿尴尬地说，"但是马人很有灵性。"

王天佑抱歉地笑了笑，马人似乎也没有特别在意这些，仍旧友好而平和地看着王天佑。王天佑不禁又开始打量着眼前这张脸，突然发现当伯特的眼神里没了敌意，变得友好时，整张脸发生了很大变化。第一眼看过去，伯特的眼神似乎还有着几分纯真，嘴角微微上扬，整张脸好像还带着点儿稚气。但再看一会儿，又会觉得那双眼睛十分犀利深邃，像是正在沉思，那张脸又颇有成熟的味道。

见他们相处得没什么问题了，何萍和米兰达交换了一个犹豫的眼神。“呃，是这样的，”米兰达清了清嗓子，有点儿试探地说道，“我和何萍商量了一个计划。”

说到这，米兰达停住了，用牙齿咬住下嘴唇，犹豫不决地用目光观察着伯特和王天佑脸上的表情。何萍也十分紧张，不安地看着王天佑，仿佛他会马上拒绝这个计划一样。

米兰达明显地有些缺乏信心了，她求助似的看着何萍。何萍只好接着说了下去：“当然，我相信不管这个计划怎么样，至少我们都有向斯坦恩和S集团报仇的志向，对吧？”她用征求的目光看着大家，所有人都点了点头，只不过给人的感觉不一样：米兰达是鸡啄米似的点头，巴不得快点儿表示自己认同何萍一样；伯特是很使劲儿地点头，急切而又困难的样子；王天佑则是有些缓慢地点头。

“我们需要团队的力量。”何萍和米兰达突然异口同声地说道。终于，米兰达实在忍不住了，突然扭头问王天佑：“你愿意和我们一起吗？！”“不单单是为了地球——而是为了所有无辜的生命！”何萍补充道。

一阵沉默，屋子里只剩下伯特粗重的呼吸声。

所有人，包括伯特都死死地盯着王天佑，等待他的回答。

王天佑说不清自己心里什么感觉，只是突然充斥着一种使命感。他的眼前又浮现出了斯坦恩那无耻的笑容，寒气逼人的莫斯高塔监狱和无数张绝望的面容。但……不只是地球承受了这些吧？其他星球呢？其他人呢？王天佑看着何萍、米兰达和伯特，显然，他们身上流着不同种族的血脉但他们还是走到了一起。再想想之前他说的话——不顾一切为地球报仇，那其他的星球就没有生命吗？就没有仇恨吗？

然而，王天佑心里又出现了另一个声音。“但是，理智地想，单凭我们这几个人，能打败整个S团队吗？”王天佑质疑道，“我觉得你们太高估自己了。”

“所以，”米兰达用大眼睛看着王天佑，似乎无法相信他会说出这种话，“你想只救地球？”

“没错。”王天佑承认道，“我有飞船，有武器，救一个星球并不是什么难事。”

“那其他星球呢？！其他生命呢？！难道不是地球人就没有生命，没有感情，没有家人，可以任人宰割了吗？！”米兰达控制不住自己的情绪，吼道，“为什么？为什么你只关心地球？就因为你是地球人？难道整个宇宙就只有地球吗？宇宙少了地球照样能运行，我看不出这样一个不起眼的小星球有什么重要！”

“你怎么能这么说地球？！”王天佑愤怒极了，不甘示弱地回道，“那你们这颗花枝招展的星球呢？！又有什么重要性？嗯？地球不起眼，你口中的‘起眼’大概是指颜色吧？有点儿颜色就了不起了吗？它根本就是一颗没啥用的星球——”

“啊——”王天佑没说完就惨叫道，伯特一个箭步冲上去，揪住他的衣领，把他提了起来。

“我……”米兰达和何萍这次没有劝阻伯特。

“我真希望不是每个地球人都像你这样，”何萍冷眼看着王天佑说，“自私。”

“你……难道……咳……不也是……地……球……人……吗？”王天佑挣扎着，从喉咙里挤出这几个字。

何萍刚想回答，“梆梆梆”一阵敲门声忽然响起，米兰达连忙跑去把门开了。“米兰达！”一个亲切而慈爱的声音从木门那儿响起，王天佑知道一定是这间木屋的主人回来了。

“爸！”米兰达赶紧跑去门边，给了她的父亲一个拥抱后，马上把他带到了所有人面前。

王天佑艰难地看了一下眼前这个有些苍老的人：矮胖的身材，活像一只皮球，王天佑几乎要完全低下头去俯视他。暗绿色的毛衣，深蓝色的长裤，外面还套着一件红色的马甲。头发是银白色的，像一团杂乱的稻草整个儿铺在头上。还有那张圆圆的脸，泛着健康的红润，一双眼睛十分的大，还有些凸出来的感觉。黑色的眼珠，十分锐利，此时此刻，这双眼珠也在一动不动地端详着王天佑。

“他是？”这个老人把疑惑的眼神抛给米兰达。

“这……”米兰达不好解释。

“是这样，”何萍说话了，“他叫王天佑，地球人，也是实验品。我来找你们的时候，不小心掉进了地球的实验球，遇到了他，后来有一些士兵过来了，我和他就坐他的飞船‘银色闪电’过来了。然后，呃，我们打算一起去反抗S团队，但他只愿意救地球。米兰达和他吵起来了，伯特就抓住了他。”

“银色闪电？”老人用一种欣赏甚至还带着一点儿羡慕的目光看着王天佑，“你就是那个幸运的获奖者？”

“我……”王天佑已经喘不过气了，老人急忙让伯特放下他。

“你能在几千万亿人中脱颖而出，算是宇宙中驾驶飞船技术数一数二的吧？”老人欣赏地说道。

王天佑暂时忘了刚刚的冲突，但随即——

“所以，”老人沉缓地说，“你的想法是什么？”

“救地球。”王天佑直白地说道。

“其他星球呢？”老人问。

“那是其他星球上的人该思考的问题。”王天佑说道。

“如果他们没有思考呢？”

“那跟我也没什么关系。”

“你就只帮助地球，然后让其他星球自生自灭？”

“说的难听一点儿是这样吧。首先，我觉得我没有足够的力量去拯救半个宇宙，你们也没有；其次，那样做会把成功率降低，只救我的母星更有意义，成功率也更大。”王天佑觉得自己很现实。

“那么，如果整个宇宙只剩下一个地球呢？”

“我相信地球可以自给自足，我们的科技可以创造能源，而宇宙中的大量未开发能源也不会有人争抢。”

屋子里沉默了。

“那你们的科技为什么没有阻止S团队的入侵呢？”

王天佑被噎住了，他仍然说道：“是大意了吧。”

“大意是因为你们太骄傲了。”老人严肃地说，“你们以为自己掌握的技术足够发达，事实上你们落后于宇宙。还有一个原因就是你们的贪婪。地球上每一个人心里都埋藏着可怕的欲望，欲望像魔鬼，想要吞噬全世界。每个人都想尽各种办法拼命地往上爬，而上面是什么？是你们的目标。目标是什么？归根结底，更多的名利。当然，不是每个人都这样。但大多数人，日日夜夜都被欲望所控制，几乎没有人会关注名利之外、地球之外的东西，没有人从整个宇宙的角度来想问题。你也许会说，你们是为了生存，生存需要钱，没错，每个人最基本的欲望都是生存。但满足了生存需要之后呢？就是无尽的贪婪，想获取更多，这种欲望在地球人的血脉中代代相传。”

“你知道我为什么不愿意承认自己是个地球人吗？”

何萍突然说道，“有两个原因，我可以告诉你一个。我曾经去过地球，真的太恐怖了。每个人都想要钱，甚至可以为此做不道德的事。当你们遇到人口危机时，想到的是占领弱小的星球，去滥杀无辜，从而让自己获得更多。你们的欲望永远无法得到满足，你们从未站在宇宙的角度想，你们所追求的，所向往的，是多么可笑、不值一提。如此一个被欲望填满的星球，它的发展目标是获得更多，而不是创造更多。宇宙中每时每刻都在新陈代谢，很多东西都在消失，只有不断创造出新的、有意义的事物，才能维持它的平衡，这是宇宙的规则。”

“幻影星族从未接触过你们地球，我们不屑于去地球。”米兰达轻蔑地说道，“你们的星球很年轻，我们可以说是看着你们进化的。我有时候无法理解你们，为什么那个叫‘钱’的东西那么好？为什么人人都不惜一切地想得到它？每个人都有欲望，这是真理，但你们的欲望更加恐怖。食物、服饰甚至还有房子，这些东西总是有个度的，可你们没完没了地索取，总想要更多，不断伤害你们的星球。地球，本应年轻而有活力，而如今，哪怕它未受S团队的侵略，也是一颗污浊的星球。”

王天佑一时说不出话来，从小到大，他确实从来没有思考过这种问题。

“你们缺少与外星的交流，你们对宇宙的认识局限在地球周围，甚至大多数人只关心发生在自己身边的事。”

老人说，“而在其他星球上，很多人包括我们，哪怕不是天文学家，每晚都会抬起头看夜空。夜空会比白天的天空美，因为我们可以看到宇宙。当你伫立在你的星球，伫立在一片土地上，看宇宙，你会感受到你被包围在宇宙中，你不过是渺小得不能再渺小的生命，生活在一个渺小的星球，在宇宙中，如此微不足道。但宇宙就是由无数个微不足道组成。每一个生命对于宇宙来说是微不足道的，但也是重要的，每一个生命都处于宇宙的秩序中，这个秩序少了任何一部分都不是原来的样子了。而单单一个地球，足以支撑起这个庞大的秩序吗？”

老人停下来。“所以，任何一个星球，任何一个生命，在宇宙中都是不容忽视的？”王天佑慢慢说道，低下头，他觉得自己心里好像有什么东西变了。

“没错，”老人说，“而且他们都是相互依存的。”

王天佑突然明白自己之前狭隘的思想是多么愚蠢而幼稚，他不禁脸红，对其他人说：“对不起，我刚才不应该说那些话。”

“没事，我刚才也是太激动了。”米兰达也道歉道。

“你愿意和我们一起了吗？”何萍微笑着问王天佑。

“我愿意！”王天佑说道，“我愿意和你们一起，去拯救所有无辜的生命。”见此，米兰达和何萍惊喜地互相望了一眼，伯特也高兴地甩了甩马尾。

老人看着所有人，突然有些激动，他用颤抖的声音说：

“太好了，真，真的太好了！”顿了一下，他又说：“你们知道吗？在我的那个年代，是S团队最猖狂的时期，也是宇宙最黑暗的时期，但是——没有一个人敢反抗，真的！你们，应该是第一拨正义……”

屋子里又沉默了一会儿，所有人都不知道在想什么。过了一会儿，何萍突然开口说道：“我觉得，如果我们联合，应该有个名字才对。”“也对。”米兰达思考了一会儿，说道，“虽然我们来自不同的星族，但是我们都受到S团队的侵略，要不，就叫‘反S联盟’吧？”

米兰达的提议受到了所有人的赞同。王天佑对大家说道：“那么，既然我们已经建立了一个联盟，准备一起打败S团队。我们是时候做一个计划了吧？”

“说得对，”老人附和道，接着又提议，“不如我们去藏书室坐着谈一谈吧？那里比较适合商讨计划。”

“嗯，对，我们总是在藏书室里讨论事情。”米兰达说，接着她带领大家一起走进了藏书室。

一进藏书室，王天佑就觉得进入了一个书的世界，眼前除了书还是书。的确，四面八方都是高大的书柜，上面全都塞满了书，而且这些书是以语言作分类的，各式各样的语言，各种乱七八糟的符号……王天佑仰起头，发现这个藏书室差不多有十米之高，而那些书柜高得抵到了天花板。在藏书室的中央，有一个茶几，上面盖着一块绣着淡粉色小花的白底桌布。茶几上摆着一个插着两株紫色的花的花瓶，几本看上去很古老的书，一个有壶嘴的大茶壶以及几个带有花纹的小茶杯。茶几的四周摆着两排亚麻色的沙发，上面还摆着几个天蓝色的抱枕，旁边还有一把安乐椅，椅把是棕色的，但上面的垫子是令人看着舒服的亚麻色。天花板的中间挂着一个大吊灯，洒下一束束稍微偏黄的光，地上铺着柔软的地毯，金黄色的边角，中间部分则是玫红色的，正好对着茶几和吊灯，中央还绣着一朵黄玫瑰。

总之，这间藏书室有一种淡雅的意境和一种让人惬意的感觉。

何萍和米兰达走到沙发边坐下，米兰达还随手抱了个枕头；老人也舒舒服服地坐到了安乐椅上，身子微微前倾，给每个茶杯里倒了一点儿茶，然后拿起自己的茶杯，慢慢地品着茶。王天佑踩着十分柔软的地毯，也走到一排沙发那儿坐下了，伯特站在茶几边，拿起茶杯饮了几口。

何萍和米兰达交换了个眼神，米兰达先说道："那就开始吧，首先，先把你们佩戴的GC给我和何萍行吗？因为，在战斗中，我们需要随时用GC和其他人取得联系，所以，我们需要对GC做一点儿改动。"

话音刚落，所有人都取下自己的GC递给了何萍，就连马人也笨拙地从耳背后取下一个。只有王天佑尴尬地坐在那儿，地球被入侵时，他被选为实验品，S团队拿走了他身上所有的电子设备。老人也表示理解，他说："大家都经历过，只不过地球是毫无准备的，我们这些也不过是提前做了准备才把这些东西保留下来，正好我这儿还备了一个多余的，给你吧。顺便说一句，你叫我盖尔就行。”说着，他拿出一个新的GC，递给王天佑。王天佑感激地说道：“谢谢你！盖尔。”。

何萍和米兰达把所有的GC排好，接着何萍伸出手，她的手上戴着各种各样的玩意儿，不知她动了哪一根手指，突然跳出一个由荧蓝色的光组成的屏幕。米兰达快速把GC放到屏幕前，屏幕射出一道荧蓝色的光对每个GC进行扫描。接着，屏幕上出现了一排排符号和数据，何萍飞快地用眼睛扫了一遍，然后手指在模拟键盘上飞速敲击，屏幕上的数据移动着、删改着。约摸两分钟后，荧蓝色的光“啪”地消失了，何萍往沙发上一靠：“搞定了，你们试试能不能在GC上沟通吧！”

每个人都领回了自己的GC，佩戴好之后，王天佑突然觉得藏书室里静得出奇。“在线交流模式开启。”一个系统提示声在他脑袋里响了一下。然后，就传来了米兰达试探性的声音：“都能听见吧？”王天佑定睛一看，米兰达连嘴都没张，显然，这是先复制了每个人的音色，再从大脑里提取信息，接着传到了其他人的GC那儿。

“这东西太棒了！”突然传来一个低沉的声音。王天佑一愣，意识到……这是伯特的声音！没错，哪怕不会说话，机器也可以代替喉咙把大脑的信息传递出去啊！

王天佑望望其他人，所有人都互相望着，彼此露出了会心的微笑。

“那么，我们开始干正事吧！”

“嗯——我会做记录的，做完以后在GC上发给你们。”米兰达的声音从GC里传来，与此同时，她的面前也出现了一个荧蓝色的光屏。接下来，他们开始在GC里讨论：

“首先，有谁能提供一点儿关于S团队的线索吗？”王天佑觉得自己又变得十分有逻辑性了，自从被抓去当实验品后，他似乎就变得很迟钝，但现在似乎又恢复过来了。

“据我所知，我们所在的实验球位于太空中一个用于观察研究的太空站，而S团队的总部是在距离这里约9613千万亿光年的阿米卡拉星。”盖尔说道。何萍此时也打开了她的光屏，说：“说到这儿，我想我可以试试能不能黑进S团队的系统。”接着便开始在模拟键盘上敲打。

“对了，爸，”米兰达对盖尔说，“王天佑的银色闪电坏了，您能帮他修一下吗？修完我们就可以乘坐它出去了。”

盖尔眼里放着光，“银色闪电这种飞船可是很稀有的。你放心，我修飞船的技术是一流的，一定能修好。”

“那就太棒了！”伯特突然叫起来，“据说银色闪电有两个备用飞船，这样我们可以分头行动。”

“说到分头行动，我觉得我们确实应该这么做！”

何萍激动附和道，“瞧，我黑进去了，我把有用的信息在GC上传给你们，然后商量一下我们的分头行动计划。”

一下子，每个人面前都出现了一个光屏。王天佑一看，发现首先展示的是S团队总部的平面图。

“S团队总部很大，所以如果我们集体行动会浪费时间。”王天佑分析道，“看来，我们最好的办法就是分成几组，然后从不同的地方进入总部。”

“是啊，”米兰达开口说道，“而且他们总部的设计非常精妙。你们从整体上看，总部呈圆形，四周都是一些安保级别很低的房间，但是何萍的图上显示，这里安放了很多报警器和陷阱，一定是为了防范敌人。”

“关键是这里没有大门，任何人想进去，只能从某个特定房间进去，但至于是哪个房间，那个房间的入口在哪儿，都只有高层人员和士兵们知道，中低层人员是全天待在总部内不能随意进出的！”何萍恼火地补充道。

“所以，”王天佑相对冷静地说，“我们想进去，要么自己探索，要么绑架一个高层人员或士兵？”

“要么就考虑一下——”盖尔不好意思地说，“下水道这些的？”

“不到万不得已，应该没有人愿意跟他们的排泄物一起处在一个那样的空间里吧？”伯特说出了所有人心里的话。

就在这时，王天佑脑袋里突然闪过一个念头……

“那S团队总会有一些军事活动吧，”王天佑把自己的想法告诉大家，“既然有军事活动，那一定会进出总部，我们可以趁那时溜进去。”

“也对啊，”盖尔接着说道，“那时溜进去，有两个好处：一是有一部分军队已经外出了，那对我们造成威胁的武力就没那么多了；二是那时人一定很多，我们正好可以趁乱溜进去。”

“要不要提前给他们制造一点儿麻烦呢？那样场面会更混乱。”米兰达提问道。

“但我觉得最好还是先不要打草惊蛇，他们一出状况，肯定会提高警戒度，那我们行动时就没那么容易了。”王天佑不怎么支持。

“那如果我们能以很快的速度完成任务呢？”伯特反驳道，“有意外情况发生，他们会再混乱一段时间，我们趁此偷袭不好吗？”

“其实我觉得，因为我们的任务有两个，一个是摧毁S团队，还有一个是把被关在莫斯高塔监狱里的所有人救出来。”何萍开口说道，“所以对于两个行动我们可以采取不同的方案。首先，对于袭击总部的任务，采用王天佑的意见比较好，因为在不惊动他们的情况下行动确实对我们更有利；但是对于莫斯高塔，制造麻烦更有利于我们行动，因为里面全是一些对他们来说没什么价值的人，随时都可以抛弃，我们制造点儿事故，看守监狱的人十有八九就不管他们了。”

何萍的想法得到了所有人的赞同。

“既然都没意见，就按何萍说的来办吧。”盖尔说道。

“我现在开始查一下S团队总部下一次军事活动在什么时候，再看看能不能黑进他们的警戒系统。”何萍边在光屏上捣鼓着什么边对大伙说。

“那我们该为袭击S团队总部的分组行动做准备了。”王天佑看了看大家，“我个人认为，能分三组。”

“我可以和何萍一组吗？”米兰达问道。

“可以。”王天佑继续说道，“如果大家没意见的话，我们就按这个分组：何萍和米兰达，伯特和盖尔，我一个人一组。”

“你一个人一组？行吗？”盖尔不太放心。

“我没问题的，正好我的飞船上还有两个备用飞船，加起来正好三个。”王天佑说道。

“那三个组的任务可以这样分配：第一个组负责刺杀斯坦恩；第二个组负责找到武器库，用炸药炸毁他们的总部；还有最后一个组，负责去莫斯高塔进行营救工作。怎么样？”何萍看了看大家，所有人都点头表示同意，“当然，还有最重要的一点。这个计划是粗略的，我们可以根据实际情况随机应变。”何萍的光屏闪了一下，她一看，惊喜地叫道，“我查到了，S团队下一次军事活动是在一个宇宙日后！”

“一个宇宙日后！换算成这里的时间单位就是——”王天佑的大脑转得飞快，“30 小时 28 分钟后。”

“这就意味着我们的时间很紧张。”米兰达把有着S团队总部平面图的光屏再次放到每个人面前，“商讨一下战略吧。”

所有人都盯着光屏开始思考。

“我发现S团队的总部分布图是按重要性来划分的，这是一个圆形的建筑，那些很普通的像什么厕所或者休息室都在边上，所以斯坦恩一定就在正中间的那个没有标注名字的房间里。”王天佑开始分析，“不过，我认为想要直接去那儿也不一定要穿过那么多房间。因为如果发生什么情况，像斯坦恩这样的人一定会让自己第一个逃生，所以一定有一条路线可以从外面直达他那里！”

“有道理，而且我觉得这个刺杀斯坦恩的任务可以由我和米兰达完成。”何萍看着米兰达。米兰达点点头，何萍继续说道：“至于第二组寻找的武器库嘛，一般是在隐密的地方，但是关键有一点必须靠默契，就是当找到炸药以后，一定要算好时间，我们救完人杀完斯坦恩才能走，而炸药必须在我们走后而S团队还没来得及逃的时候开炸。”

“这个任务我来做吧，”王天佑说，“我还可以找一下S团队那艘传说中可以载 60000 亿人的大飞船，这样监狱里的人就可以乘坐它回到自己的星球了。”

“说到星球，我和何萍还得去斯坦恩的秘密地下室找能源吸盘，然后把每个星球的能源都还给它们。”

“还有我和盖尔，”伯特有些着急地说，“是去救莫斯高塔里的人对吗？”

“我看，到时候，”盖尔说，“我们弄点儿停电或者火灾之类的事故，要不就直接干掉那几个监狱看守得了。”

“好吧，那既然大家的计划都已经——”何萍话音未落，突然猛地站起来，惊惶地叫道，“糟糕！王天佑你还记得吗？我们来的时候一直有军队在后面追我们啊！”

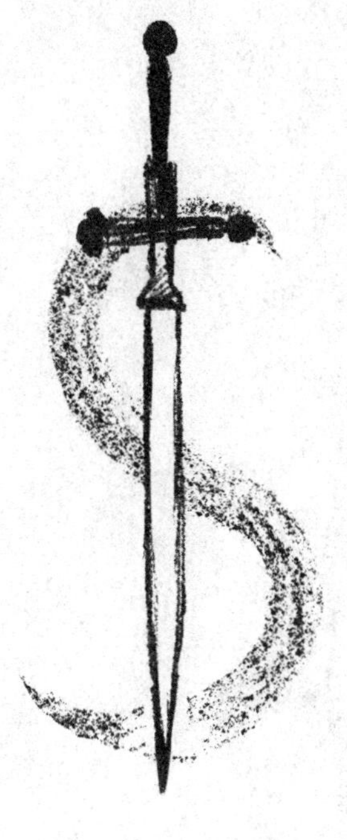

第六章

逃离实验球

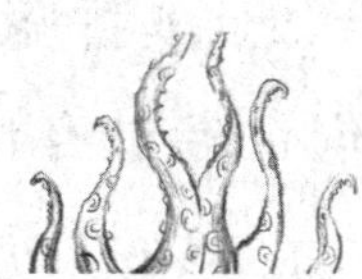

顿时，所有人都僵住了。

“老天！”米兰达脸色惨白地颤抖着，“那，那他们在……”

王天佑猛地站起来，压住心里的惊慌，沉着地说：“先不要慌张，我们现在立刻用最快的速度收拾好所有的必需品，还有飞船……”

“我现在就去修，”盖尔急忙说道，“米兰达，你跟我一起去吧。”

“嗯，好，”米兰达跟着盖尔跑了出去，临走前回头对已经开始忙活起来的人嘱咐了一句，“尽量不要带太多东西，我们在飞船那儿等你。”

王天佑、何萍以及伯特开始飞速整理所有有用的东西。

几分钟后，他们已经收拾了几大包必需品和武器。何萍再次检查了一遍整个屋子，轻叹一口气：“匆匆忙忙也就只能整理这些出来了啊！也可惜了剩下这些东西，毕竟是陪伴了他们几十年的。不过，现在不是感情用事的时候，只能把有用的武器、书籍和一些必需用品整理出来。”

走到门边，三个人都不约而同地转过身，凝视着屋内。

这么一去，命运会如何安排呢……

来不及多想，他们也转过身出去了。一到门外，一场冲刺比赛似乎就开始了。伯特的背上即使放着所有的行李，也仍然是跑得最快的，马蹄有力地蹬着，几乎达到了一小时一百公里；其次是王天佑，以前王天佑当特工时，就经常做魔鬼训练，所以速度也不慢；何萍的水平跟王天佑差不多，但她仍然落后一点儿，不知跟她边跑边用 GC 和米兰达联络有没有关系。

很快，他们抵达了飞船降落的地方，米兰达和盖尔已经站在飞船边等他们了。

王天佑一看飞船，不禁佩服起他俩来，不过十几分钟的时间，这艘“银色闪电”几乎跟新的没什么区别，在天空下浮着一层淡淡的光辉。

很快，所有人都上了这艘飞船，王天佑和何萍走进驾驶室。“还是像之前那样吧？”王天佑提议：“让盖尔和米兰达来协助你吧，”何萍有些忙不开，她不停地在她的光屏上弄着什么，“我现在必须再次黑进他们的系统，要不，实验球外面就是实验部。而飞船一出去就会恢复正常大小，想想那个画面吧！实验部内部突然凭空出现一个那么大的飞船，我估计实验部也就比飞船大那么一点点！”

“那我们该怎么办？”伯特问道，他以那么快的速度冲刺了那么久，说话居然不带一点儿喘气。

“会有办法的。”盖尔说着，和另外两人一同走进了驾驶室。

“我们现在最好的办法就是——”何萍又调出了一张平面图，“我们的实验球处于一号实验室，而一号实验室的右面正好只有一堵墙。也就是说，我们从实验球的右面出去，然后撞破一堵墙，就可以直接到太空了。”

“我们怎么分左右啊？”王天佑已经启动了飞船，飞船开始升高，米兰达急忙问道。

“呃，这个嘛，”何萍很尴尬地说道，“目前来讲，只能靠我们的方向感和运气了。”

“飞船的方向检测是有问题的，我刚刚还没修。”盖尔急忙告诉大家。

飞船里的气氛立刻就紧张起来了，但王天佑仍然稳稳地驾驶着飞船。

“如果方向不对会怎么样？！”米兰达恐惧地问何萍。

“那，”何萍脸绷得紧紧的，双眼盯着前方，“最好的情况是，在飞船还没完全恢复正常大小的时候，我们马上反应过来找到了正确的方向冲出去，不过飞船可能外形会受点儿损伤；最坏的情况，就是，我们可能会被卡在实验部里，就没那么容易出来了。”

所有人都紧张地望着前面，王天佑的声音忽然传来：“往……哪边走啊……”

往外看，已经能依稀看到实验球的外轮，必须做决定了，虽然每个人都不想听到这句话。

就在这时，“唰！”一道火光突然从飞船边擦过，在飞船前面爆炸。

“天呐！他们追上来了！”盖尔透过屏幕看到了飞船后面的情况。

“什么？！”王天佑吼道，“这个时候，开什么玩笑！”

“我们真的是进退两难了。”米兰达咬着嘴唇，看着所有人。

“要不，跟他们对抗一下？”伯特随口说了一句，但所有人突然都意识到这是最好的办法了！

“说得对，”王天佑激动地说，“我们可以为何萍争取时间，让她想办法找到方向！”

大家都激动地点头，何萍再次开始在她的光屏上捣鼓起来：“既然你们愿意为我争取时间，我一定不会辜负你们！”

“那么，”米兰达看见了希望，立刻有了斗志，“开始操控飞船上的炮吧。”

“这样吧，米兰达负责调整方向，我负责整列炮弹，王天佑负责开炮。”盖尔说，然后他突然大叫一声，“东南方向！”

“东偏南38.5度，距离飞船尾翼0.00003光年。”米兰达一边报告一边调整着炮筒。

“那就用三号炮弹吧。”盖尔接着说道。

“好，”王天佑发汗的手紧贴着发射按钮，“准备——发射！”

飞船有一点点震动，大家的目光注视着屏幕：那颗炮弹向敌人的飞船靠近着，靠近着，然后，二者一起消失在了一团火光中。

顿时，飞船里欢呼起来。但随即，几艘飞船又出现在了他们的视线里。不过有了第一次的经验，他们明显熟练了一点儿，但仍然不敢松懈。

S团队的飞船一次又一次地出现，他们用炮弹一次又一次地消灭，与此同时，何萍的脑门上急出了汗。

这时，屏幕上突然出现了一点儿情况，王天佑盯着屏幕，嘴里叫道：“哦不！”

屏幕上，出现了一排黑压压的东西。粗看，还以为是一堵黑墙；但细看，那其实是一排排黑色的飞船！

“S团队竟然动用这么大的军力，真是想不到啊！”盖尔盯着屏幕，锁着眉头说道。

“好了，好了，终于好了！”何萍突然大叫道。她猛地抬起头，看了看四周，然后激动地对王天佑说：“快快快！以我们现在的位置为中心，逆时针转95度！然后，使劲儿往外冲！”

“真……真的吗？”王天佑用颤抖的声音说，他调整了方向，有些紧张地看着其他人。

“冲吧冲吧！”大家叫道。哪怕有很多不确定，现在也没有别的选择了。

王天佑深吸一口气，把操控杆猛地往前一推。

所有人瞪大了眼睛，终于，响起了一阵碎裂声。

飞船里突然静得出奇，大家的眼角都莫名有些湿润。他们出来了，他们不再是S团队的实验品了，他们自由了，但是他们还有更重要的任务。

窗外，出现了广袤无垠的宇宙……

飞船里的人都抬起头，痴痴地透过舱窗望着窗外的一切。

王天佑此时才发现，原来宇宙是这么美丽。

在宇宙更深邃神秘的地方，有一颗五彩绚丽的星球——阿米卡拉星。在宇宙里看过去，它简直就像调色板一样五彩缤纷，十分引人注目。

的确，阿米卡拉星上风景非常不错：蓝天白云，青山绿水，绿柳红花……似乎整个星球都是用最好的材料制造的，但这种完美无缺胜似仙境的地方却不知为何总有些诡异的感觉，不管风景如何美丽，这个星球似乎都被一层阴影笼罩着。

在这个美丽得不太对劲儿的星球上，有一个十分庞大的建筑群。这是一个占地几百万平方米的圆形建筑，看不出所用的材料是什么，但这蓝得有些阴森的建筑在周围的自然景物中总显得有些格格不入，且望而生畏。不过这个建筑外表也不是清一色的蓝色方块形，在正中间还有一个大大的、紫色的，十分引人注目的圆圈，里面有一个巨大的“S”

在这个建筑的内部，也发生了一件很有趣的事。越是靠近外边的地方，就越是吵闹，十分嘈杂；但越到内部的房间，噪音就越是小了下来。其中一个最重要的原因：没有人敢招惹正中间的那个房间里的人。

然而，此时却有一个身穿蓝色制服的章鱼人战战兢兢地敲了敲那个房间的门。

“进来！”斯坦恩不耐烦地扯着低沉嘶哑的嗓子冲门外吼道。于是外面的那位小心翼翼地走了进来，头低得快贴着地了，但他仍然不敢抬头，双手不住地敬礼，嘴里讨好地对斯坦恩说：“韩森参见斯坦恩大人！”

斯坦恩几乎是从鼻子里“哼”了一声。韩森稍稍抬起头，但马上又哆嗦着低下头去了。每个S团队的人都是由一个章鱼做头，下面一个人一样的身子组成的。而斯坦恩头上的那条章鱼也长着八条腿，但是却比其他人的要粗壮一倍，当然也要恐怖一倍。而那双眼睛虽说只是眯缝着，但里里外外都显露着狠毒，一般人看一眼就永远不会忘记他的目光射过来时心里的惧意，并且永远不想再看见那双眼睛了。不仅如此，斯坦恩的身子几乎是一般人的两倍，每个毛孔就是一个黑糊糊的洞，皮肤上面还长满了疙瘩，似乎还有一些若隐若现的蠕虫。

“大，大人。”韩森的脸上堆满了假惺惺的笑，但这不仅没掩盖住他心里的恐惧，还显得他的章鱼脸更加恶心，“您——今天——气色不错呀！”

斯坦恩依旧冷冷地盯着他，一点儿表情都没有，这么一来，韩森的笑可就更挂不住了，但他还是死撑着。

“王天佑他们——”韩森全身发抖，小心翼翼地观察着斯坦恩的面部表情，很明显一提到王天佑，斯坦恩就开始用那双寒气逼人的眼睛盯着韩森，“逃出实验球了……”

“梆”，斯坦恩猛地用一条章鱼腿勒住韩森的脖子，“跟他一起逃走的还有谁？！”“好像还有一个叫何萍的女孩，其他，我，我，我……”

韩森话音未落，斯坦恩一使劲儿，然后把他甩开，韩森一碰到地毯就立即消失了。“混蛋！一群兔崽子还看不住。哼，我倒是小看了王天佑，还有何萍那个红毛丫头！”斯坦恩怒吼道，在房间里来回走着，喘着粗气，“居然还不止他们两个，还有其他几个。量他们能有多大本事呢！不过不能轻敌了，首先得处理掉王天佑和何萍，无论如何都不能让他们来这里！现在可是关键时期啊！该死的！”斯坦恩低声自言自语，还不停地咒骂着。

斯坦恩在房间里走来走去，他想起自己上一次与王天佑交战，还是好久以前。那时王天佑是星际安全局里最优秀的星际特工之一，可他还是失败了。想到这里，斯坦恩安慰自己道："他们不会成功的。"

突然，斯坦恩停住了，他转过身，走向房间里的一面镜子。这面镜子给人一种神秘的感觉，镜框十分古朴，密密麻麻的花纹像咒语一样。

斯坦恩走到镜子前，抚摸着镜框，低声念了一句什么。镜片变成了一个漩涡，斯坦恩直接走了进去。

这是一个黑风呼啸的山谷，远处山丘起起伏伏。这里没有一点儿光源，但是山谷间又有着一点儿奇异的阴森的光。

一个漩涡突然从半空中出现，打破了这里的宁静与黑暗。一阵"刺啦"声过后，漩涡把斯坦恩带到了一个山洞前。

这是一个高大的、黑漆漆的、十分诡异的一个洞，里面静得出奇。斯坦恩却没有半点儿惧怕，甚至，十分亲热地叫了一声："艾玛！"

几秒钟内，四周仍然是安静的。但是过后，整个山谷里都有了一种奇怪的风声，这种风声就像有一个庞然大物正狂奔而来。

没错，确实有一个东西正在狂奔而来，地面已经开始随着它的脚步震动起来了，是的，那个东西在飞快地逼近，逼近……

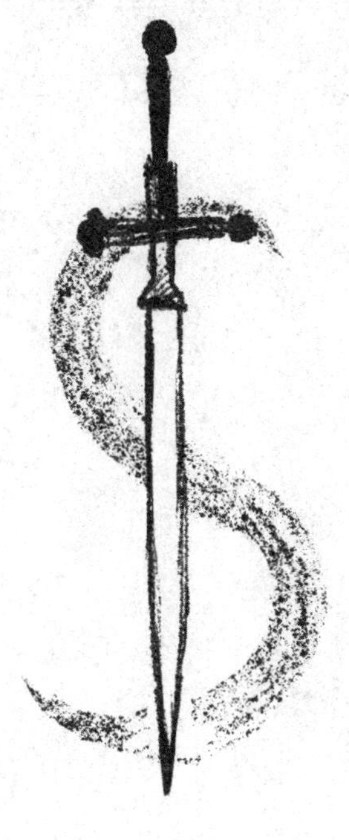

第七章 向总部进发

在那个阴森幽暗的山谷里，斯坦恩的面前出现了一个生物。这个生物从形状上看像一只黏糊糊的大号黑色章鱼。这个名叫艾玛的章鱼体型几乎又是斯坦恩的一倍，八条章鱼腿十分灵活，卷曲自如，刚刚她就是用这八条腿冲过来的。她的皮肤不仅坑坑洼洼，而且还有种湿淋淋的感觉，当她甩动起来时，仿佛身上要滴下一大滩污水，但又似乎只是吊在边上甩一甩，滴不下来。再看那张脸，完全是皱在一起的，两只浑浊的眼睛布满血丝，好像凝聚了天下所有的仇恨一样。嘴巴闭紧时看不出来，但一张大，一次吞一百个人都没问题。顺便说一下，必要的时候，艾玛的身体可以收缩成一个球体，一动不动，这使得她善于隐藏。

“艾玛！”斯坦恩呼唤道。艾玛听见他的呼唤，急忙亲切地应了几声。

“你的任务到了。”斯坦恩看着艾玛说，艾玛立刻平静下来，认真地看着斯坦恩。

与此同时，在飞船“银色闪电”里，反S盟军正在讨论接下来的活动。

“这次也还真是有惊无险啊。”王天佑回头望了一下后面，心有余悸地说道。的确，在他们冲出来的同时，实验室也被他们弄爆了，此时已经被分解成了几小块太空垃圾，在飞船后面的宇宙里漫无目的地漂浮着。而“银色闪电”呢，外壳本来就坚固，再加上冲出来的速度很快，几乎没有半点损伤。

“那我们接下来去哪啊？”米兰达问道。

“直接去阿米卡拉星吗？”伯特问道。

“可以，”何萍看了看她的光屏说，“离他们的军事活动开始时间也差不多了。”

“要不我们现在就分队行动吧！”王天佑提议道。

“那行啊，”何萍赞同道，“然后让飞船隐形，分头向阿米卡拉星进发。”

王天佑打开了飞船的两个备用飞船。

“王天佑驾驶最大的‘银色闪电’吧，他一个人完成任务本来就比较困难了，再说这飞船是他的。”盖尔为王天佑着想，“其他两组上那两个备用飞船吧。”

“好嘞。”米兰达说着拉着何萍一起走进了其中一个备用飞船，何萍不忘补充一句，“记得随时在GC上联系啊，有什么问题一定要说！”

盖尔和伯特也走进了另一个备用飞船，盖尔也不忘嘱咐了一句：“大家都小心！”

“兹”，两个备用飞船的门都关上了，并且脱离了“银色闪电”。它们各自独立地在太空中飞行。“记得开隐形功能。”王天佑在GC里叫道。刚说完，那两个备用飞船就立刻在太空中隐形了，王天佑也把“银色闪电”设置成了隐形模式。

那么大的一个飞船，现在只剩下王天佑一人独自坐在驾驶室里。他做了个深呼吸，让大脑冷静下来，然后开始更加沉稳地驾驶飞船。

十几分钟后，王天佑看到前面出现了那颗五彩斑斓的星球——阿米卡拉星。“你们到哪了？”王天佑在GC里问道。

“我们一直都在你飞船旁边跟着飞啊。”米兰达回应道。

“我们已经看到阿米卡拉星了。”盖尔也回应道。

“那么，盖尔和伯特去莫斯高塔监狱那里救人，我们和王天佑去S团队总部。”何萍说道。

王天佑继续向阿米卡拉星前进，过了一会儿，他在GC里叫道：“我已经在阿米卡拉星的卫星轨道上了，准备降落。”

“那等你降落了再说一声，我们就可以进卫星轨道了，小心别被人发现了。”盖尔对王天佑说。

王天佑找准一个时机，顺利进入了阿米卡拉星。一进来，他仿佛到了天堂一般的地方，但他没有分心去看这些美景，而是以最快的速度找到了一片隐秘的地方，开始降落。

这是一片青青草原，四周被密林包围着。王天佑很快就安全地降落了，他观察了一下四周，确定没有什么危险和异样以后，在GC里汇报了一声："我已经安全降落了。"

"我们进入卫星轨道了。"何萍说道，"大家降落以后都开启GC里面'定位'这个功能，这样我们都能知道其他人的位置。还有，王天佑你先等一下我和米兰达吧。"

王天佑开启了定位功能，同时也看到了其他人的位置，他看到何萍和米兰达正向自己这边靠近，便决定先去收拾一下东西。于是，他走进储物室，选了两支枪，几个迷你炸弹，顺手带上了那个编织娃娃。当他装备完准备离开的时候，突然发现了一个神秘的小盒子正静静地躺在一个角落里。在好奇心的驱使下，王天佑打开了那个小盒子，发现里面有一个像手表一样的东西。王天佑轻轻拿起那个手表，举到眼前细细观察，上面写着三个小字：闪电服。

闪电服？王天佑忍不住把那个像手表一样的东西戴在了手上，就在戴上去的那一瞬间，王天佑身上立刻出现了一套服装。这套服装是黑色连体服，背后还连着一个背包，里面不知装的是什么。

王天佑动了动四肢，没有什么特别的感觉。他不小心碰了一下手腕上的那个东西，“滴”，它轻轻地响了一下。王天佑一动不动地站着，但什么事也没有发生。

这时，何萍和米兰达的声音在GC里响起：“王天佑，你出来吧，我们也到了。”

“我现在就出来。”王天佑说道，一边打开了飞船的门。但是当他想抬腿走出去时，不知怎么回事，他突然像闪电一样一瞬间就冲到了外面。

就在王天佑自己还没有反应过来时，却看到面前的何萍和米兰达瞪着眼睛看着他身上的衣服。“闪电服？！”米兰达惊奇地说。

“闪电服是什么？”王天佑问道，他还在回味刚刚那闪电般的速度。

“你那儿的宝贝还不少。”何萍笑了笑，说道：“穿上闪电服以后，你就会拥有闪电一样的速度，你后面那个背包里还有很多装备，当然这一切都是由你手上戴的那个控制表来控制的。总之，你这套衣服非常适合现在用，等你进了S团队的总部，这套衣服会帮你很多忙的。”

“小心！你们后面！”王天佑突然瞪大了眼睛，指着何萍背后的那片林子叫道。

“什么？”何萍和米兰达急忙转过身。“啊啊啊啊啊啊啊啊！”米兰达被眼前的景象吓得后退好几步，何萍扶住米兰达，米兰达两眼死死地盯着眼前这个怪物，用颤抖的声音叫道：“这——难道是传说中斯坦恩养的章鱼怪兽艾玛？！”

没错，眼前这个怪兽就是艾玛。此时，它正张着血盆大口，对着三个人咆哮：“嗷——”几条黏糊糊的，粗壮的章鱼腿正扭曲着向三个人窜来。

“快跑！我来对付它！”王天佑大吼一声。

“分头跑！”何萍反应过来，把米兰达推进东边的一片树林，自己则往相反的方向跑。

于是，三个人都开始向三个不同的方向拼命地跑。艾玛犹豫了一下，突然把两条腿伸向何萍、和米兰达消失的方向，更神奇的是，那两条腿竟然越伸越长，而且巧妙地避开各种树枝，飞速向目标追去。

何萍发现后面那条像长了眼睛似的章鱼腿时，急忙往树林更密的地方跑，那里的树枝更密，灌木丛更拥挤，而且到处都有藤蔓。但那条腿却灵巧地绕开了各种障碍物，何萍有些震惊，急忙边跑边把一只手伸进了她那银色的小箱子里翻找着。但她总是找不到想要的那个东西，那条腿离她越来越近，何萍急得满头大汗，脚步渐渐慢了下来。她的手在箱子里探索着。

眼看那条粗重恶心却十分灵活的章鱼腿，飞快地向她逼近。何萍的手终于摸到了一个椭圆形的东西，来不及多想，何萍使劲儿把那个椭圆形的东西扔向那条马上就要抓住她的章鱼腿。

“嘭”，就在扔出去的那一刹那，一个飞速旋转的大漩涡不偏不倚正好出现在了何萍和那条章鱼腿中间。而那条章鱼腿似乎还没有反应过来就直接被漩涡吸进去了，整个画面看上去立刻变得十分诡异，一条章鱼腿在不停地伸长，然后消失在了一个漩涡里。何萍喘着粗气，捂着胸口心有余悸地看着面前被吸进旋涡的章鱼腿，平静下来后，急忙在GC上问其余二人：“你们那边怎么样了？制服那条腿没有？我用空间胶囊摆脱了它。”

“当然没有！那条腿真是，哎，怎么打都毫无损伤！”米兰达快急哭了还带着急促的喘息声的声音传来。

米兰达穿着长袍本来就不好跑步，她只能边费力地跑边掏出幻影棒帮自己一点儿小忙。她边使劲地往前跑边用幻影棒指着那条腿，射出几道攻击的法术光芒，但章鱼腿被法术击中后只是往后缩了一下，随即又追了上来。

“怎么办，怎么办？！”米兰达十分慌张，眼泪都流了出来，“啊——”突然，她不小心被地上的一条藤蔓绊倒，往下一扑，正好掉进了一个洞里。

与此同时，王天佑留在原地，和艾玛四目相对。艾玛的两条腿追逐着他的同伴，另外六条腿张牙舞爪地伸向王天佑。王天佑一边以闪电的速度在章鱼腿之间跳来跳去，一边想着法子。

他绞尽脑汁地想，突然他的眼前浮现出何萍被绳索绑起来的样子，看着可以无限伸长的章鱼腿，他突然有办法了。

一条肥大的章鱼腿又伸向王天佑，他没有犹豫，向着它跑去，一跃而起死死地抱住了它。艾玛没有反应过来他要做什么，以为他上钩了，把其他五条腿一起伸了过来，这正合王天佑的意。他紧紧地抓住那条腿，以闪电般的速度开始狂奔，那条腿被他拉长，他绕着艾玛转圈，腿一圈一圈缠住了艾玛。而艾玛的注意力全在它的猎物上，它疯狂地用其他五条腿拍打，而那五条腿也神不知鬼不觉地绕在了一起。

绕了五六圈只用了几秒，王天佑觉得差不多了，艾玛差不多被绕严实了。他扔出了编织娃娃，“啪”，一张结实的大网牢牢实实地抓住了艾玛。艾玛愤怒地嘶吼，却没有办法挣脱。

“太好了！”王天佑急忙从背包里掏出一个迷你炸弹。而他没有注意到，身后，艾玛的第七条腿正向他逼来。

“小心！”何萍的声音突然从后面响起，但已经晚了，王天佑被章鱼腿抓住了。原来，米兰达掉进洞穴后，第七条章鱼腿找不到目标又回来了，而何萍听到艾玛的嘶吼，回来看看情况。

“啊！”王天佑费力地挣扎着，“炸弹要爆炸了！快跑！”

何萍这才看到掉在地上的炸弹，但是她没有跑，拿出一把激光枪，把章鱼腿切成了两半。但被切断的两半迅速延长，又连成了一体。

怎么办，何萍冷静地想，电流枪会把王天佑也电到，冰冻枪未必能冻住它，火焰枪风险太大……“快跑！”王天佑吼道。

“好吧，”何萍深吸一口气，握紧了手中的激光枪，“赌一把。”

她没有半点儿犹豫，做了一个俯冲，到艾玛的面前，她灵活地跳到了艾玛的脸上。艾玛愤怒地想用另外五条腿捉住她，可那五条腿却搅在一起动弹不得。

何萍举起激光枪，对准艾玛的右眼，射出一道杀伤力极大的激光。

王天佑和何萍都没反应过来时，一声震耳欲聋的尖叫差点儿刺破他们的耳膜。艾玛的腿松开了王天佑。草地上的炸弹开始冒烟，王天佑暗叫不好。

来不及多想，他冲过去拉住何萍，带着她冲进旁边的树林。没跑多远，身后传来爆炸声，浓烟滚滚而来，夹杂着艾玛痛苦的嘶吼。

到了安全地带后，王天佑停下来。何萍上气不接下气地说：“米兰达，她，不见了，找不到。”

“那我们现在去找吗？”王天佑问道。

何萍不喘气了，没说话，似乎做着思想斗争。

“我们，”王天佑试探着问，“去总部？”说出这句话的同时，他的心也抖了一下。

去总部，意味着放弃他们的朋友。可米兰达生死未卜，寻找她会消耗宝贵的时间。

何萍说："好吧，走。"

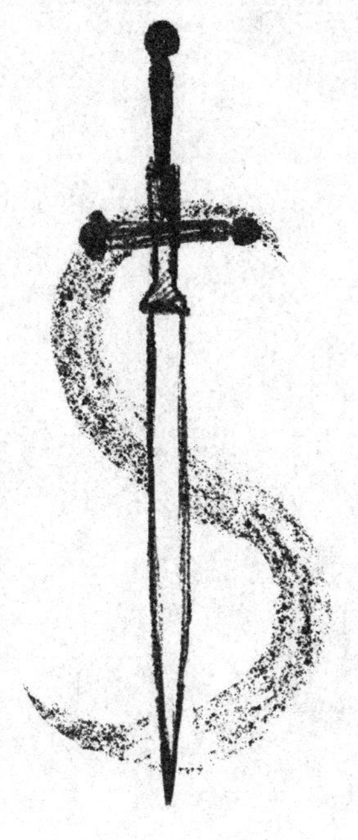

第八章

神秘洞穴

“滴”“滴”“滴”，一声声短促的嗡鸣在幽深寂静的洞里回荡着，一个人一动不动地趴在地上，一件斗篷安安稳稳地披在她身上。人影动了动，米兰达在 GC 的鸣叫中渐渐苏醒过来。

“哦呦”，米兰达费力地坐起身，浑身的筋骨都十分酸疼，她抬起沉重的头茫然地看了看四周。“啊！”米兰达用力揉了揉脑袋，试图把大脑里各种回忆整合起来。

米兰达跪坐在地上，一只手按着脑袋紧锁眉头。突然，一条肥大乌黑的章鱼腿猛地在她脑海里出现，米兰达一惊，急忙抓起幻影棒，警惕地看着四周，但是四周一片黑暗，什么也看不到。而片刻之后，米兰达才发现这只是她脑海中莫名其妙突然出现的画面而已。

米兰达一挥幻影棒，幻影棒的尖端跳起一个小火苗，照亮了周围，这是唯一的光源。她举着幻影棒，站起身，认真地打量了一下周围。这是一个十分大的洞穴，洞壁上爬满了暗绿色的草藤，有些阴森。米兰达打了个寒颤，忽然发现地上有一条石板路，灰白的石板凌乱地散在地上，但又组成了一条通往前方的路。

米兰达吃惊地看着脚下这条蜿蜿蜒蜒伸向前方然后消失在神秘的黑暗中的石板小路，心中的害怕渐渐变成了好奇。她看了看四周，没有发现一个人。犹豫了一下，米兰达捏紧了幻影棒，小心翼翼地一步步向前走，幻影棒的尖端照亮了米兰达周围的一小块区域，这让米兰达安心了一点儿，但她还是时不时地停下脚步，觉得背后似乎有一双眼睛在盯着她。

就这样，米兰达在黑暗的洞穴中越走越远。而在洞穴偏僻的一角，GC 仍然在不停地发出微弱的“滴滴”声。

而盖尔和伯特这边，也遇到了大麻烦。

有了 GC 定位，找到莫斯高塔监狱不是件难事，可他们没料到的是，莫斯高塔监狱竟然是一座隐形建筑！

飞船下面有一片很大的平原，但除此之外，伯特和盖尔什么也看不到。飞船内盖尔紧锁着眉头，凝视着下面的土地。伯特急得直跺脚，在飞船里来回走着，时不时还不甘地叹口气。

飞船在那块平原的上空徘徊着，伯特怒视着下面那片“平原”。对于盖尔和伯特来说，此时此刻最令人恼火的事情莫过于明知道敌人在眼皮底下，可就是无法看到。

盖尔靠在舱壁上，双眸一刻也没有离开舱窗，突然他开口说道：“我们得想个办法，莫斯高塔监狱在某些特定的情况发生时一定会现形。”

“是啊，”伯特突然停住脚步，若有所思地说，“特定……”

盖尔用期待的眼神看着伯特，马人思维的活跃度是数一数二的，此刻，盖尔非常希望伯特能想到突破口。

“如果是遇到紧急情况呢？！”伯特突然一下子大叫道，他的眼睛因为过度兴奋而瞪大，“比如——触发了安全警报？”

“对！”盖尔也兴奋起来，开始快步在飞船里走来走去，“没错，安全警报！”

“但当下我们还要想想，怎么样才能触发安全警报？”伯特托着下巴说道，“一般的危险应该是不会的，几个人就可以处理的绝对不行。必须闹得很大，危害到至少大半个监狱。而现在别提是危害了，我们连监狱的影儿都看不到。”与此同时，米兰达正紧握着幻影棒在黑暗的洞穴里颤抖地走着。

米兰达也不知为何，自己心里总是莫名地涌起一股危机感。她一小步一小步地警惕地走，每走一步都要回头看看，确定四面八方没有危险了才小心翼翼地迈出下一步，举着幻影棒的手一直在颤抖。一股恐惧感和无助感突然蔓延了米兰达全身，米兰达浑身颤抖起来，她一向不怕什么，哪怕蹦出个怪兽跟她斗一斗也好，可现在什么都没有，她最怕的就是这种空洞的无助感。四周除了黑暗什么都没有，她处在极度的不安全感中。无助感几乎要击垮她，米兰达突然明白为什么精神比肉体重要了，但她无法摆脱这种折磨。“啊——”米兰达突然尖叫起来，泪水夺眶而出，她整个大脑只剩下一样东西：无助。这种无助感不知道来自何处，但是已经完全占据了米兰达的身心。“啪嗒”，米兰达苍白的手指无力控制幻影棒，幻影棒从她手里脱落，掉到地上，那串小火苗随即消失了。整个洞穴彻底陷入了黑暗，米兰达突然冷静了一点儿，她慢慢跪倒在地上蜷缩起身子。此时她觉得，整个世界似乎只有地面是可以依靠的、能给她安全感的。

米兰达就这么趴伏在地上，迷茫而无助，她不知道该怎么办，大脑似乎已停止思考。

突然，她震了一下，空洞的眼神里重新有了什么。幻影星球的血脉告诉她，世界上没有能打倒她的事，她不能认输，不能低头，不能放弃。“我不是五岁的小孩子了。”米兰达努力撑起几乎瘫软的身子，但随即她感到了一种强大的力量，一种她从来没遇见过的无形的力量，强大过她的幻影。米兰达突然想到：我的幻影棒怎么会突然熄灭，一般的力量绝对做不到这一点！

一种无形的力量似乎就在这个洞穴里流动着，米兰达几乎要被压垮了，她的身子、大脑都受到一种无形的压制。她的幻影棒熄灭了，洞穴里是完完全全的黑暗。米兰达就在这样令人无助的黑暗里挣扎。

米兰达心里突然出现一种欲望，她的身子想瘫下去，她想停止抵抗，彻底瘫下去，闭上眼……“不！”米兰达猛地挣扎，眼泪又止不住了，“不可以！我，我不能放弃！”

米兰达拼命地挣扎起来，可是她的身子瘫软着，“我要站起来！”米兰达满脸泪水，“我必须站起来！我可以的！我可以的！我可以的！我可以的啊！”最后那一声，几乎是在嘶吼。

米兰达用尽全力扭动身躯，她要唤醒身体里的幻影血脉。她的腿可以扭动了，她的胳膊不再那么无力了。就在米兰达露出一点儿笑容的时候，一股强大的气流突然从她背上压下来，她浑身重重地砸在地上。

这是一种能与幻影抗衡的甚至更强大的力量，米兰达觉得嘴里有点儿咸丝丝的液体，她第一次感到了彻彻底底的无助。

“不管什么时候，都要用高贵的姿态面对敌人。”米兰达的心中突然想起幻影星球的族训，“记住，你是幻影星球的人，你血脉里的血是高贵的，你，不可以认输。”

“我不可以认输。”米兰达奋力往前爬，她要拿到她的幻影棒，“我不会输的，不管你是谁！”

可幻影棒突然飘了起来，往远离她的地方飘去了，越飘越远。很显然，那股力量控制了幻影棒。

“回来！”米兰达叫道，“你不可以背叛我！”

幻影棒似乎抖了一下，但继而又往远处飘了。米兰达僵住了，她看着幻影棒越飘越远，自己的希望似乎也越飘越远。

“你……”米兰达凝视着幻影棒消失的地方说，“即使我孤身奋战，也不会屈服的。”

米兰达想继续突破这种力量的压制，出乎她意料的是，这种力量突然消失了。她一下子站了起来，踉跄了几步，觉得浑身一阵自由和轻松。但米兰达没有高兴，而是很警惕地看了看四周，她明白，这种力量突然消失一定有原因，而这有可能是为下一个陷阱做铺垫。

她想赶快找到出去的路，可她又突然想起自己的幻影棒：“得先找到我的幻影棒。”米兰达看了看幻影棒消失的地方，意识到这个陷阱就是想引诱自己往里走。

米兰达很鄙视地盯着前方：“呵，来吧，我不怕你。”

米兰达拍了拍身上的灰，目视前方，勇敢地往前走。前面就是无止境的黑暗，而米兰达则在黑暗中不断前行，她不断给自己打气：“我可以自己做光，打败黑暗。”

这么想着，米兰达走得越来越远。她没有改变方向，一直朝正前方走。黑暗中，她什么也感觉不到，但她依然很勇敢地走着。

米兰达就在这种状态下，走了很久，直到满头大汗了，还是什么都没遇见。“要有耐心。”米兰达对自己说。

于是她继续大步向前走，丝毫没有注意，一些细丝贴着地面向她伸来，有一些已爬上了她的鞋尖……

王天佑和何萍在枝条交错的森林里艰难地行走着，这片森林十分潮湿，空气中弥漫着一丝淡淡的腐臭味。粗大的、带着细小绒毛的藤蔓到处爬着，地上铺着一层干枯的树叶残躯，路一点儿都不好走，且“嘎吱嘎吱”地响。树奇形怪状，却都又高又密，挡住了阳光。总而言之，森林里一片阴暗和寂静，只有王天佑和何萍的脚步声。

王天佑和何萍一边用 GC 照明一边四处打量着这片有些诡异的森林，森林里似乎总有一种阴冷的气氛，虽然没有刺骨的大风，但却有一股让人脊背发凉的气息，

王天佑感觉到了寒气，他有点儿不安地对何萍说：“何萍，你没有感受到一点儿不正常吗？”何萍停住了脚步，用力吸了吸鼻子，没有转头看王天佑，而是面对着前方。一阵沉默，没有任何声音。王天佑有些不解地看着何萍，何萍没有说话，微微蜷曲着身子，双眼直视着前方。“何萍？”王天佑有点儿害怕了，同时他也越来越觉得这树林有点儿不对劲儿。

就在王天佑打了个冷颤、警惕却又底气不足地看着四周时，何萍突然直起身子，深深地呼吸了一下，似乎正常了一点儿。何萍转过身，却没有了之前那种气场。她的眼神有些躲闪，四处乱看，似乎无法把目光锁定在一处。她看到了王天佑，几乎是抽了一下嘴角地笑了一下。“你——还好吧？”王天佑有点儿不知所措。“我——”何萍望着王天佑，拧了拧眉头，声音微微发颤地说：“王天佑，这

个森林，让我脑子里老是想一些——令我痛苦的事，我们能赶紧离开吗？”何萍几乎是抱着脑袋带着哭腔叫道，她低下头去，王天佑也不知道她哭出来没有。

王天佑望了望四周，犹豫地说：“那我们还去总部吗？”何萍抱着脑袋没有说话，“何，何萍？”王天佑急忙上前，却发现何萍似乎陷入了沉睡。

何萍仿佛遨游在一个雾蒙蒙的世界。在这个世界里，首先何萍似乎把人生重过了一遍。从她还是一个刚落地的婴儿开始。

何萍从来到这个世界开始，就被所有人认定是一个错误的存在。为什么？因为混血，因为她出生在一个错误的家庭。父亲是地球上有名的科学家，母亲是异族的女战神。何萍既不喜欢父亲，也不喜欢母亲，更不喜欢他们的两个星族。而这两个星族偏偏还发生了战争，父亲研制的武器……杀死了母亲。这是一件多么可笑的事！从那时起，何萍就更加受到排斥，父亲似乎根本就忘记了这个女儿的存在，母亲的星族也没有人愿意接受她。

那是何萍最凄凉的一段回忆，蜷缩在大雪纷飞的街道上，她没有家，她只有她自己。后来战争再次爆发，S团队来了。何萍被俘虏了，这几乎是她自己的选择，她平静地看着那个站在飞船门口傲然俯视这个惨败的星族的魔王。何萍其实有很多可以逃脱的机会，以她父母亲遗传下来的强大基因，她的大脑和体魄都有无限的潜力。何萍觉得，她逃脱了也不过如此，为什么不尝试一下别的呢？

所有人都拼了命的想离斯坦恩远点儿，但何萍不一样。她经历到的和感受到的一切赋予她不同的心理，她长时间生活在一个人的冰冷世界，她已经很难再体会到什么叫恐惧了。

何萍被送往S团队的一个分部，她和众多俘虏一起先被押进了监狱。监狱里就是杂乱的、喧嚷的、血腥的。各种星族的人挤成一团，血泪汇成一道道溪流。哭闹声、嚷嚷声以及各种语言交杂在一块儿。到吃饭的时间，所有人总会一窝蜂地挤到监狱门口，两个狱吏会哈哈大笑地站在栏杆外面，旁边放着几个脏兮兮的大桶，里面装着一大坨黑糊糊的东西，还爬着虫子。他们会一点儿一点儿地往里面丢黑糊糊的东西。每丢一次就会停一会儿，看监狱里的人你争我抢、头破血流，他们以此为乐。至于水，一天只有两次。俘虏是要干活的，干活前一次，干活后一次。早上总是天还没亮，狱吏就拿着水桶从监狱上面泼下来，这水有时是滚烫的，有时是冰冷的。如果提前醒了，就可以做好准备多弄到点儿水，而没醒的也被泼醒了。

何萍不屑于与他们争抢，可她不能不喝水不进食。何萍必须想办法逃出去，就在这时，她遇见了一个注定和她并肩作战的人——米兰达。米兰达和她一样，认为这里的一切都无比恶心。

何萍和米兰达决心要离开这里，俘虏离开监狱的唯一机会就是干活的时候。他们干活时都会有狱吏在旁边看守，除了一个工作——清理下水道。狱吏只会在监控室里看下水道的动静，但绝不会跟着俘虏一起进去。

何萍低头紧闭着眼，王天佑正不知如何是好，他抬起头，发现不知何时，森林里竟弥漫起了一阵大雾。

米兰达正壮着胆子往前走，在完全黑暗的洞穴里，哪怕前面有个大洞，她也会一脚踩下去。

这时，米兰达突然觉得步子迈得有点儿困难。她刚低下头，说时迟那时快，米兰达只觉得有一股强大的拉力猛地把她往下一拽。“哇啊！！！”几股粗大的东西飞快地缠上了她的腿，往外一扯，再使劲勒上她的腰。一阵撕心裂肺的痛，米兰达被勒得无法喘息，她张着嘴，拼命扭动着，下半身似乎要被肢解了。“啊……啊……啊”，米兰达奋力挣扎，此时连呼吸也要拼尽全力。她的胳膊碰着那个死缠着她下半身的东西，一看，更难受了。那个东西形如巨型藤蔓，然而颜色却是血红色的，如同那种已经凝固了一点儿却又没完全凝固的血。整个东西又在蠕动着，米兰达刚刚碰到的时候，发觉那个东西黏糊糊的，上面似乎附着一层黏液。

突然这个东西飞速移动起来，“看来它是要带我去什么地方”，米兰达心想，稍微平静了一点儿，但随即又想，“这么个情况，去的地方必定凶多吉少。”米兰达不再挣扎，开始回想身上带了什么武器。斗篷外侧的口袋里那把电击枪在掉进洞穴时就不见了，幻影棒下落不明，此刻米兰达想起了何萍的万能箱子。“如果我还能逃离这里，我一定准备一个像何萍那样的万能箱子。”米兰达无助地想，她又振作起来，“何萍一定会来找我的，盟友们都会来救我的。我一定要撑下去！”

想到何萍，米兰达猛然想起，自己的项链！项链还在她的脖子上，这条项链由细细的金丝串起，中间有一颗小巧的、金色的星星。看到这颗星星，一段回忆涌入了米兰达脑海中：

莫斯高塔里，难得找到一处僻静而阴暗的地方。两个少女面对面郑重其事地站着。“我们会做永远的朋友！”米兰达和何萍一起说道。幻影棒亮了一下，迸发出一道亮丽的光。两人咬破了自己的手指，血液融合在一起。一瞬间，两条项链落在了两人手上。一条透亮的金，是一颗星星；一条透亮的银，是一轮弯月。星星和月亮，是夜空中最美丽最耀眼的，自古以来相依为伴，在黑暗的夜晚仍闪烁着光彩。那一刻起，因为幻影的力量，旁人永远不会想到那两串项链意味着什么。“何萍，这两串项链就是我们的血誓、我们的友谊的证明，这是我们灵魂的一部分。”米兰达庄重地说。

剩下的米兰达记不得了，她只记得，她们可以通过这两条项链用意念沟通。

米兰达深吸一口气，闭上眼睛，试图忘掉外界的东西，进入意念的状态，她用手指按住那颗金色的星星，不断呼唤着："何萍，何萍！"但什么都没有出现。米兰达一时无法接受，"不不不，不会失灵的。何萍！"仍然什么都没有出现。米兰达突然无比绝望，幻影不会失灵，唯一的可能是，何萍没有理会她。米兰达一遍一遍地试，一次一次地失望。在这个黑暗的世界里，被这个恶心的东西缠着，米兰达越发觉得两腿要被扯断，五脏六腑被勒得要裂开了。米兰达像是跌进无底的深渊，而没有人伸出援助的手。

"何萍！！！"米兰达几乎是用尽全力大喊着，洞穴里回荡着她无助的声音。米兰达十分憋屈，她想大哭一场，但她心里又有一个该死的声音告诉她：你不可以哭，你的眼泪只会让敌人更加猖狂。幻影星族的高贵血统不允许她低头，"面对可怕、丑陋、无耻、黑暗的东西，一定不能低头，不然就会被吞噬。"这是幻影星族每个人都知道的，幻影星族的其他人也被抓走了，不知道关在哪儿，也不知道过着什么日子，受着什么苦难……但，他们一定也一样，仍然战斗着，绝不低头屈服。

"哗"，米兰达发现那个东西停止移动了。她又抬头一看，四周亮了一点儿，眼前是一扇铁门。

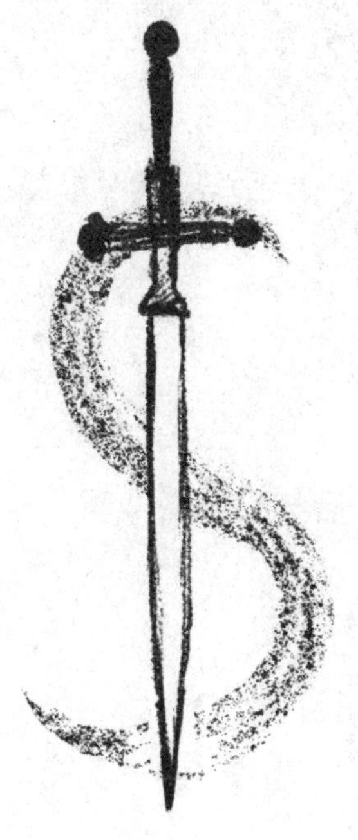

第九章 沼泽森林

森林里，大雾愈来愈浓。王天佑有种不祥的预感，他看着昏迷的何萍，望望四周，森林已经完全被浓雾淹没了，王天佑什么也看不见。就在这时，一道耀眼的红光突然从何萍脖颈那儿射出来。王天佑一看，何萍脖子上的银月吊坠竟然泛上了一层血红的光。王天佑心里一紧，他的直觉告诉他这种颜色一定有什么不对劲儿，他试图把何萍叫醒，但何萍什么反应都没有。王天佑小心翼翼地摸了摸那个吊坠，发现它滚烫滚烫的，而且似乎还轻轻震动着。

“当下最重要的是逃出这片森林，”王天佑想，“先用 GC 问问伯特和盖尔怎么样了。”他用 GC 呼唤盖尔和伯特，好在大雾也阻挡不了他们的联络。“盖尔！伯特！”王天佑急切地叫着。

就在盖尔和伯特还在纠结时，他们接收到了从 GC 里传来的求救。“怎么了，王天佑？”盖尔急忙问，“还好吧？！没出什么事吧？”“我……”王天佑一时不知道该怎么说，他深吸一口气，“我们遇到麻烦了。我们碰到了章鱼怪艾玛，我杀死了她，米兰达失踪了，我和何萍被困在一片被浓雾笼罩的森林里，什么也看不清。何萍昏迷了，她的，她的项链，那个银月吊坠，一直冒着红光……”

盖尔和伯特有点儿反应不过来，他们一直以为这段时间王天佑他们都很顺利，然而事实却不尽人意。“等等，红光？！”伯特突然想起了什么似的叫道，“红光？吊坠的红光？”他回头看看盖尔，盖尔也突然想起了什么：“那一定是米兰达！是米兰达在用吊坠叫何萍！”“什么？！”王天佑震惊地说道，他急忙看向身边的何萍，那个吊坠仍然亮着血红的光，“米兰达？可是……可是何萍现在昏迷了啊！”“你说周围有大雾是吧？”盖尔陷入了沉思，他想到了一个办法，“这样，我先定位你们的位置，然后看看你们周围是什么情况。”“尽量快点儿，我觉得这里有股寒气。”说完，王天佑打了个哆嗦。

盖尔和伯特开始给他们定位，GC上随即出现了王天佑的位置。“我们先调出阿米卡拉星的地图。”盖尔说，伯特马上调了出来。“沼泽森林？”伯特疑惑地说道，这个名字有点儿似曾相识，好像在哪儿听过。“这名字……”盖尔说道，他突然想起了一个传说，“好像有个关于沼泽森林的传说，虽然我不确定是不是这个。传说S团队的起源就是在沼泽森林。2088年，阿米卡拉星还是一个很普通甚至不怎么起眼的星球，沼泽森林是一片很大的森林，中间围着一个沼泽。没有人知道沼泽有多深，只知道它表面看上去就像一块平坦地面，但‘地面’之下，是无尽的深渊。阿米卡拉星那时是一颗很阴暗的星球，没有一点点光明，没有一点点生命，整个星球是死的。一天，有一个探险队来到了这里。他们来自于一个战乱的星族，是前来避险的。这个探险队由五个大人和一个小女孩组成，他们到了沼泽森林，这个小女孩总是随身带着她的宠物——两条小章鱼。在森林里搭建帐篷有很多隐患，但沼泽森林已经是最佳选择了，当时的阿米卡拉星上最适合居住的也只有沼泽森林了。理所当然，他们走到了沼泽森林中间那块“地”那里。然而那块沼泽不知道是什么原因，可能是因为长年累月没有东西到那儿去，当探险队员试探着走上去时，什么也没有发生，他们没有沉下去，沼泽似乎真的变成了一块儿地。于是，探险队的基地就建在那上面了。一个月过去了，什么也没有发生，唯一变化的是，小章鱼在这里生长得出奇快，从一个能放在小女孩手心里的大小窜到了快有小女孩的一半大。第二个月的时候，沼泽却发生了变化，然而没有人发现沼泽在一点点一点点地动，当然每天往下陷得那一点儿还不到指甲缝，但每天陷得都比前一天严重。直到有一天，两只章鱼和小女孩在沼泽上玩，大人们在基地里休息。玩着玩着，一只章鱼突然停住了，它趴下用整个身子贴着沼泽一动也不动，另一个章鱼开始做同样的动作。小女孩被吓到了，她急忙跑回去找大人们，大人们出来了，却没有人知道章鱼为什么会这样。两只章鱼只是保持着这个姿势一动不动，小女孩在旁边守着它们。很快到了睡觉时间，两只章鱼仍然没有反应，大人们逼着小女孩上床睡觉。小女孩上床去，却没有睡着，她觉得章鱼们这么做一定有它们的原因。等到大人们的呼噜声响起以后，她悄悄地爬起来，踮着脚尖悄无声息地打开基地的门……就在她开门的那一刹那，沼泽彻底露出了真面目。小女孩第一反应就是尖叫，然后试图逃出沼泽。沼泽已经开始飞速下陷，小女孩两条腿已经陷进去了，她拼命挣扎着，用尽全力想要逃出这个深渊。就在这时，她看到了她的宠物！两只章鱼正在岸边，看到了它们的主人，伸出它们长长的章鱼腿，抓住了它们的主人。小女孩觉得仿佛是上帝的手把她从地狱里拉了出来，她浑身泥泞的爬上岸，突然想起基地里的大人们，她急忙回头一看，基地消失了，沼泽上什么也没有，只‘咕噜咕噜’地冒着几个泡。小女孩顿时愣住了，她瞪大了眼睛，可沼泽上什么也没有了，就在她刚刚垂死挣扎的时候，整个基地已经沉下去了。两只章鱼突然看了看小女孩，似乎犹豫了那么一下，然后伸出章鱼腿，很温柔地抚摸了一下小女孩，然后马上转身跳进了沼泽，随即沉了下去。那个小女孩后来也不知经历了什么，也不知去向。传说，那两条章鱼每天吸食沼泽的精华，都成精了。一个是斯坦恩，另一个是艾玛。沼泽之下就是S团队的根源，没人知道沼泽之下是什么，但一定是关系到整个S团队的地方。这个传说在各地流传，没人知道出处。当然，我觉得这个传说没有什么科学原理，也许真相不是这样的。”

盖尔说完以后，顿了顿，突然非常严肃地说：“一般时候，沼泽森林就是一片正常的森林，除非发生了什么特殊情况……”

“等等，会不会是因为我杀死了艾玛？！”

死静了两秒，盖尔半张着嘴，像是一时没反应过来。伯特没有说话，非常紧张地看着盖尔。

许久。“王天佑，”盖尔沉重地说，深吸了一口气，像是做了一个重大的决定，“如果真的是那样，你和何萍，就真的陷入危机了。”

王天佑出奇地冷静：“所以，我只能困在这儿了，是吗？”

“是的。”盖尔继续说道，“你现在最好的做法，是做好万全准备。”

“嗯，”王天佑一边警惕地拉起昏迷的何萍，一边回话道，“不管如何，我会尽全力保护何萍。对了，何萍的项链该怎么处置？”

“先不管它吧。”盖尔说道。“可是米兰达失踪了啊，这也许是一个找到她的好机会。”伯特反驳道。

王天佑刚准备开口，“滴——”GC 联络突然中断了。王天佑抬头一看，雾浓得连何萍的脸都看不清了。他深吸一口气，心中祈祷着，谁也不知道 S 团队的发源之地会发生什么恐怖的事情。

与此同时，S团队总部里，空气几乎要结冰了，所有人走路都小心翼翼的，生怕激怒了那位脸色阴沉的大人物。斯坦恩此刻沉默着，眼神却锋利得让人发颤。

斯坦恩站了起来，这是他发出的声音最小的一次，他没有叫任何手下。

斯坦恩脑袋的八条触手平静地耷拉着，只有他一个人坐在房间里。那面大镜子，又出现了旋涡，他被吓了一跳，有些惊慌。旋涡旋转着，镜中浮现出一个黑衣人，斯坦恩急忙跪下，就像小章鱼怪向他下跪那样毕恭毕敬，战战兢兢。

“艾玛死了？”黑衣人用平板的声音问，没有一点儿感情。

“是。”斯坦恩答道。

“办个葬礼吧，之前计划的军事活动推迟，守好我的阵地。”黑衣人还是用没有感情的声音说。

“是，是，我这就去。”斯坦恩连忙说道，他立刻转身出了房门。

镜中，黑衣人看他出去了以后，一步迈出了镜子。嫌恶地看了一眼被斯坦恩坐过的凳子后，他选择站着。

森林内，何萍突然惊醒，她抓住了几乎要疯了的王天佑。

“噢，天哪，何萍你终于醒了。”王天佑叫道。

出乎王天佑的意料，何萍竟非常冷静地说：“快，找地下通道入口。”

没等王天佑做出反应，何萍已经调动了GC，虽然断联，但地图已经被她下载了。

她马上找到了最近的一个地下入口，有两公里远，但对他们来说不过十几秒的事。

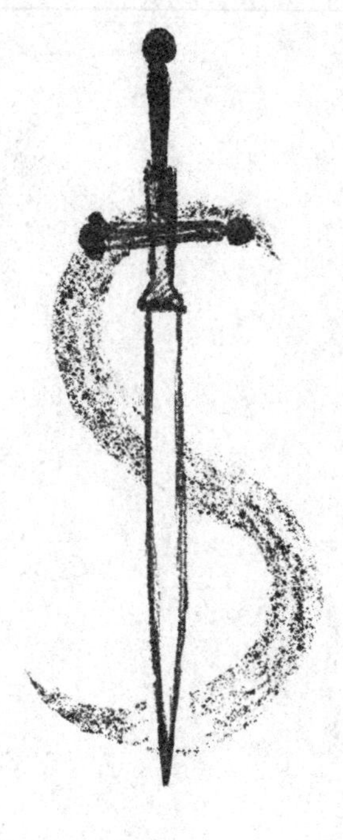

第十章 潜入莫斯高塔监狱

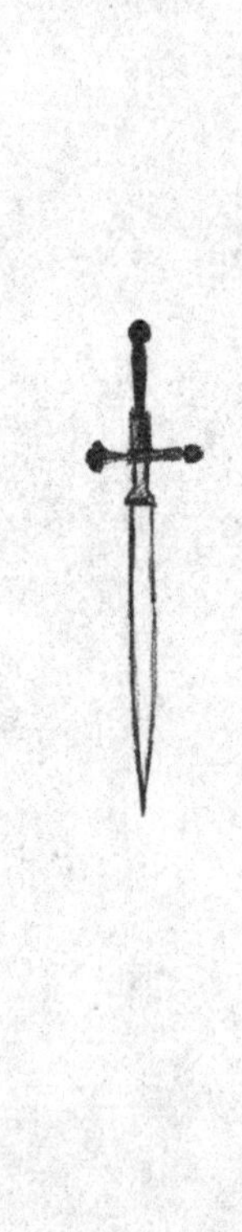

盖尔和伯特正打算前去帮助王天佑，下面突然出现了一点儿骚动。他们急忙透过显示屏观察下面的情况。

莫斯高塔监狱仍然是隐形的，但是现在从高空往下看，有些透明的、模糊的、抽象的东西似乎在半空中扭曲，还传来了很多嚷嚷声。

“发生了什么事清，”伯特皱了皱眉头，“莫斯高塔监狱有点儿古怪。”

俩人看着下面的“平原”，盖尔想到了GC。

“要不我们在GC上看看？”盖尔一边说着，一边进入了S团队的系统，“真得感谢何萍帮我们黑进去。”

他们一进入S团队的系统，就看到一条活动通知：葬礼祭祀。

他们点了进去，这里面都是S团队的专用文字，幸好GC把它们翻译过来了。

这个通知一定是一个非常善于拍马屁的章鱼怪写的。文章用尽了各种华丽的词句，显得富丽堂皇，但这种浮夸又反衬出了文字背后的空虚。不过，伯特倒是抓住了一条关键信息："……将有923名陪葬者（从莫斯高塔里挑选）送往沼泽森林……"

"我想到了一个方法。"伯特看着下面的莫斯高塔监狱说，虽然他看不到实物，"我们为什么不加入那些陪葬者之中呢？"

"对！"盖尔赞同，"GC上可以定位出莫斯高塔监狱的位置，它后面有一块儿树林，我们可以把飞船降落在那儿。"

等到飞船顺利降落后，盖尔和伯特带上所需的东西出来了。"飞船就放在这不管，我们赶紧走。"盖尔说。

他们跟着GC上的路线走到了树林边缘。前面是平原，"我相信莫斯高塔监狱就在我们正前方，不到一米远。"伯特说。

这时，"唰"，莫斯高塔监狱出现了。圆柱形建筑，黑色的墙，直插云天。

盖尔和伯特仰起脖子，将近有一千米高，直直地插进云霄。"来不及了，快上来！"伯特说着把盖尔拉到自己背上来，前蹄踏到墙上，后蹄一蹬，开始在完全垂直的墙上狂奔起来。

整个世界倾倒了，盖尔紧紧地抱着伯特。大约过了一分钟，他们渐渐快到顶了，盖尔发现了一扇窗户，急忙说道："从窗户那儿进去。"话音刚落，伯特打碎那扇玻璃窗，敏捷地跃了进去。

这是一间黑暗的屋子，唯一的光线是从那扇窗户射进来的。借助这条光线，盖尔和伯特勉强看清了这间屋子。这是一个类似于阁楼的圆环形房间，中间有一个螺旋形楼梯，从下面延伸上来，又往上面延伸去了。

盖尔和伯特交换了一个眼神。伯特小心翼翼地到楼梯边，往下看了一眼；而盖尔走到楼梯边，往上看了一眼。上面一片黑洞洞的，什么都看不见。而下面，此时却传来了杂乱的脚步声。盖尔和伯特僵住了，脚步声由小到大，由远到近。

“快走！”一个声音吼道。

盖尔和伯特小心翼翼地低头一看。只见底下的螺旋楼梯上，有一个看上去很凶残的章鱼狱吏带着头，后面跟着一群带着手铐的人，这些人长得各种各样，一看就来自不同的星球。

“这些人，”盖尔有些不可思议地说道，“就是要送去陪葬的吗？”话音未落，伯特急忙捂住他的嘴，示意他别说话，并拉着他往后退，同时试图在屋里寻找一个可以躲藏的地方。

可已经迟了，楼下的脚步声停住了，传来一声警惕的吼叫：“谁在上面？！”伯特惊慌极了，盖尔却沉着地按住他。这间屋子布满了蜘蛛网，墙上挂着几幅已经完全看不清是什么的油画，有一个柜门已经落掉一半的大衣柜，一个柜门紧闭的橱柜。

事实上，伯特用不着慌张，因为马人天生具有隐身的本领。盖尔挥挥手，让他赶紧隐身，自己则藏到了橱柜后面，一动不动。

“森特！你看好这些畜生，我去看看上面是怎么回事！”一个狱吏在下面叫道，同时一阵急促的脚步声渐渐逼近。

盖尔屏住呼吸，房间里无比寂静。一个章鱼怪出现在了楼梯口，他警惕地拿着武器，眼睛在房间里搜寻着，冷冷地威胁道：“不要以为躲起来就有用，没有人逃得出S团队的手心！”

盖尔没有动，但他能感觉到伯特似乎在移动。那个章鱼怪继续说：“既然还不出来，那我就不客气了！”与此同时，盖尔找到了自己防身用的一把电击枪，他握紧了枪把。

“呼”，一阵疾风，不用说，盖尔也知道是伯特，只有马人才能做到这种极速的奔驰。盖尔也迅速闪了出来，没等章鱼怪发出叫声，就被电晕了。

伯特和盖尔快速把章鱼怪拖到了橱柜后面，让他一时半会儿不会被发现。接着，他们绕着螺旋楼梯快速往上爬。后面传来很大的喧闹声，这之中有吼叫声、尖叫声、脚步声、怒吼声和咒骂声。

下面一定乱套了，而盖尔和伯特管不了那么多，一直爬到了顶楼，楼梯在这终止了。

“你确定会有飞船来接陪葬的人吗？”伯特问道。“应该会有。”盖尔说道，他想了想说，“我觉得我们需要伪装一下，伪装成陪葬者，混进去更容易。”

这时，下面又传来一声吼叫：“还有三分钟！先不管他了！赶紧走！迟到了会被大人处罚的！”

杂乱的脚步声又开始了，比先前还急促一些。没等盖尔和伯特反应过来，第一个带着手铐的陪葬者就上来了，后面一个接着一个。他们形态各异，但都神情呆滞，只是麻木地瞥了他们一眼，就不再理会他们了。

也不知走过了多少个陪葬者。伯特小声问盖尔：“插进去？”

“插……”盖尔看到这些一点反应都没有的人们，有些不知所措，“插吧！”

于是他俩看准时机，迅速插到了一个抱着婴儿的妇女前面。这个妇女不知来自哪个星族，皮肤是紫色的，头上长着三只触角，此刻仍然麻木地盯着这两个贸然插入队伍的人。

盖尔和伯特被看得有点尴尬，盖尔很不自然地说：“嗯……你好呀……”

说时迟那时快，整个屋顶突然消失了，露出了一片天空。

随即一阵猛烈的飓风刮来，差点儿让所有人摔倒。

盖尔眯着眼往上看，那是一个巨大无比的飞船，上面写着大大的“S”。

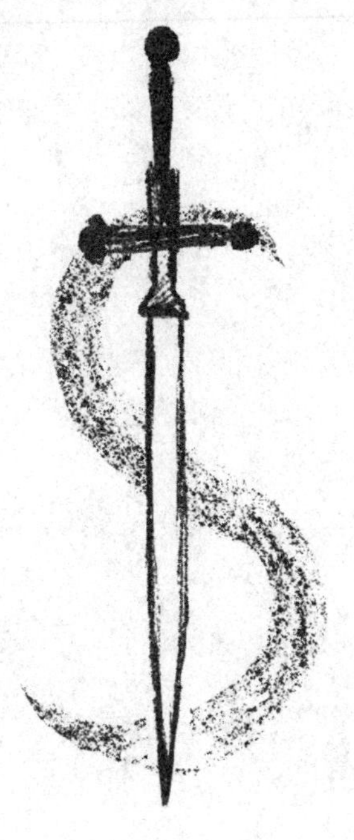

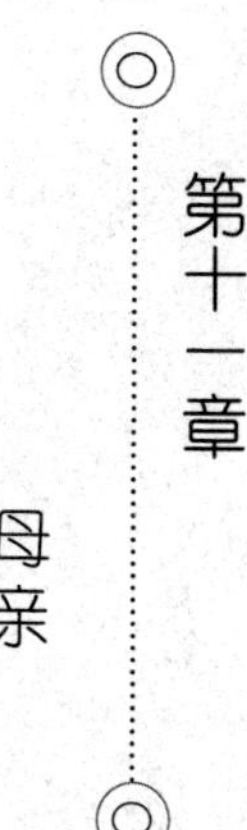

第十一章 母亲

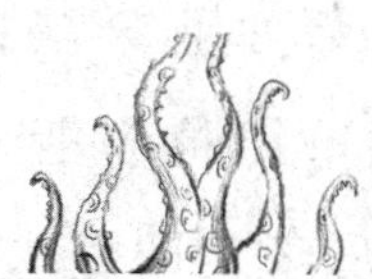

头顶的风“呼呼”地吹着，震耳欲聋，盖尔的头被吹得发晕，整个人轻飘飘的，好像随时都能像一张薄纸一样被吹上天。就连伯特都得使劲儿用四个马蹄扣住木地板，才勉强稳住了身子。

盖尔突然想起身后那对外族的母子，他回头一看，那位母亲眼睛瞪得大大的，跟之前相比，空洞和麻木一扫而空，取而代之的是恐惧和慌张，头上的三只触角疯狂地摆动着。盖尔看见她怀里的婴儿紫色的皮肤皱巴巴的，三只软软的、没发育成熟的小触角似乎很委屈地耷拉着，从面部表情看，盖尔知道他此刻一定正在大哭，只是这像怪兽一样嘶吼的风嚎已经彻底盖过了所有声音。

那位母亲有些站不稳，往右晃了两下，紧紧地抱着自己的孩子，两只手胡乱拍着孩子的背。显然，这是一位没有任何经验的母亲，但当她发现盖尔和伯特对她投以目光时，她努力站稳，警惕地看着他俩，抱紧了孩子。

盖尔和伯特互相看了一眼。

“我们也许可以帮你。”盖尔很友善地说。但他不确定她能不能听懂。

“啊哇萨伊库拉莫尼克西啊德勒呼歌达布卡利亚飞多罗索斯吉利布卡艾菲西亚染福拉弩吉拉克拉轶杰朵洛索休德拉卜二思泰德哥斯拉琪亚非得赫奇杰儿飞朵月巨臬桑提！！！”那位母亲尖叫道。

伯特听得一头雾水，盖尔虽然学过很多语言，但还是第一次听到这种奇怪的语言。“何萍要是在这儿就好了，她一定听得懂。”伯特无奈地说道，“我现在理解那句话了：一个团队在一起的力量才是最强大的。”

盖尔想了想，说：“GC 能不能翻译呢？”

接着他试了试，一个清朗的机器女声在大脑里回荡：“翻译（杰布索多语）：你们想干什么，请离我远一点儿！！！”

伯特也听到了翻译，很兴奋地在 GC 上调试。GC 用杰布索多语“说”道：“非拉不尔杰瑞科思呐以桂西帕克斯内尔德满菜辉合非北而提乐拟兹拉不拉西索盖尔嘎哩伯兹伯特福摩尔硌得把晤 S 喜凯咯破级斯拉克嗨不呦雅索睿。（我是伯特，他是盖尔，我们没有恶意，但是我们可以帮助你。）”

听见这两个人的杰布索多语，那位母亲放松了一点儿警惕，她勉强用嘴角扯起一个笑：“格力不茜皮奥利奥帕拉所词可得飞哎罗伊菲娜雅达索瓦佩德罗丝儿起努啰嗷斯颇莱凯字莫嗦而喔丽奥色艳瑟曲琼穹邛茕费德拉怼茜米咳咳非不卢率索索可丽。”

GC 马上翻译出来了。“翻译（杰布索多语）：我是诺娃星的克洛伊，非常感谢你们，但我可以自己保护我的孩子。”

克洛伊十分坚定地看着他们，盖尔和伯特刚想说什么，一阵粗暴的吆喝声从后面传来：“快上去！都给我赶紧上去！”

盖尔和伯特抬头一看，只见那艘飞船放下了一个极大的笼子，笼门打开了，站在最前面的陪葬者此时战战兢兢地走了进去，后面的紧随其后，没有人敢反抗。

就这样，9999 个人就这么挤进了那个庞大的笼子，像小鸟被关进鸟笼一样，只不过没有一个人挣扎或反抗，也没有一个人发出一点儿声音。

“啪！”一个模样丑陋的狱吏使劲儿锁上了笼门。盖尔和伯特仿佛进入了一个赌局，笼子缓缓上升，没有人敢尖叫，但几乎所有人的眼珠子都要瞪出来了。笼子加速上升的速度，进入了飞船内部，盖尔和伯特看着天空慢慢消失，取而代之的是一个更加宽阔的大厅。

笼子停住了，显然下面的舱门也关闭了。笼子就这么静置在大厅里，没有人敢发出一点儿声音，盖尔和伯特挤在人群中间，祈祷着不被发现。

一阵脚步声传来，盖尔知道有人来了，他示意伯特别乱动，自己小心翼翼地动了动，探了探头，看清了来人。

这也是一个章鱼怪，穿着长官的制服，冷眼看着这些陪葬者。旁边站着几个士兵打扮的章鱼怪，举着武器，同样冷冷地打量着这些陪葬者。

笼子里的人都低下了头，盖尔和伯特急忙缩了缩身子，一动也不敢动，警惕地竖起了耳朵。

那个长官模样的章鱼怪开口说话了："听着，你们就是一群被宇宙抛弃的废品，能给尊贵的艾玛大人陪葬，是你们上辈子修来的福气！懂么？谁要是敢违反命令，立刻处死！现在，我要求你们，交出所有的婴孩，留在笼子里的，只有成年人。现在开始！如果有隐瞒的，旁边人必须告诉我，如果旁边人帮着隐瞒，全部处死！"

盖尔和伯特交换了一个眼神，不约而同地看向了他们后面的克洛伊，克洛伊此时紧紧地搂着孩子，微微发抖但又十分坚定地冲他俩摇了摇头，表示自己绝不会交出自己的孩子。

盖尔和伯特知道，章鱼怪嗜好吸食婴儿的血液，也以此为乐。

就在两人想办法保护克洛伊的孩子时，克洛伊右边的一位长得圆滚滚的不知是哪个星族的人碰了碰克洛伊，恳求她交出孩子，免得连累身边的人。克洛伊摇了摇头，不再理会他。那个人扭动了一下他圆滚滚的身子，有些慌张又不知所措，似乎做着思想斗争，最后用小得不能再小的声音颤抖地支吾道："长……长官……这，这里……这里有……婴……儿。"

话音刚落，一声怒吼传来："交出来！！"

那个长官挥了挥一只章鱼腿，笼门打开了，站在笼口的人哆嗦着，慌忙往后退了退。

克洛伊紫色的皮肤变得惨白，紧紧地咬着嘴唇，抱着孩子的手微微颤抖。孩子此刻竟出奇的乖巧，瞪着大大的眼睛，懵懂地看着母亲，全然不知接下来会发生什么。

"嗖"，说时迟那时快，一只章鱼腿突然窜进来，人群惊慌地在笼子里挤来挤去，却没人敢跨出笼子半步。盖尔和伯特亲眼看见那条乌黑的章鱼腿紧紧地缠住孩子，接着窜了出去。克洛伊一直抓着孩子，跟着飞了出去，疯狂地尖叫着："阿拉哇西！！！阿拉哇西！！！"（我的孩子！！！我的孩子！！！）

盖尔急忙使劲儿挤到笼子前面，伯特紧随其后，他们想出去帮助克洛伊。

挤到笼子前边，盖尔和伯特站住了，他们被眼前的景象惊呆了。

那条章鱼腿死缠住孩子的脖颈，可怜的孩子眼珠瞪得大大的，快要断气了，可章鱼腿没有一点儿松开的意思。

克洛伊使出了全身力气想掰开章鱼腿，可章鱼腿纹丝不动，其他士兵们在旁边看笑话似的看着。

"啊啊啊啊啊啊啊啊啊啊啊啊啊啊啊啊啊啊！！！"

克洛伊突然红了眼，发出一声狮子般的怒吼，和以前柔弱的样子完全不相符。接着，她做出了一个让所有人震撼的举动。

她反抗了，她掏出了一把锋利的刀！

这是一把小却尖锐无比的刀，章鱼怪长官显然没料到这一幕，愣在了那里。克洛伊没有半点儿犹豫，用尽全身力气使劲儿把刀插进了那条章鱼腿。

“啊！！！”那只章鱼腿的主人，也就是章鱼怪长官发出杀猪般的嚎叫声。一瞬间，乌黑浓稠的液体喷涌而出，大厅的地板上溅上了，克洛伊的衣服上也被溅上了。那条章鱼腿猛地抽回，孩子的脸一瞬间舒展了，长吸一口气。克洛伊喘息着，紧紧地抱住了自己的孩子，愤怒地盯着其他的章鱼怪。

那个章鱼怪长官收回了章鱼腿，冷笑了一下，只见那条腿上的伤口瞬间消失了，整条腿完好无损。他冷冷地开口说道：“你这个贱婢，是觉得自己足以反抗S团队么？”克洛伊没有说话，她抱着孩子，一动不动，死死地咬着嘴唇。

“我给你三个数，用你手中的刀杀了你的孩子，明白吗？”章鱼怪长官仍然冷冷地说道，“这是你最好的选择。否则，你和你亲爱的孩子都会更加痛苦地死在S团队手里。”

他手一挥，几个章鱼怪士兵立即上前围住了克洛伊，举起了兵器。

克洛伊抬起头，愤恨地看着他们，心中却燃烧着一种更强大的力量，这是来自母爱的力量。她嘴角抽了抽，没有动，搂了搂孩子。怀里的孩子眨了眨天真的大眼睛，凝视着自己的母亲，似乎不明白母亲的表情为什么如此凝重。

伯特急躁起来，他喘着粗气在GC里对盖尔叫道："我们不能置之不理！我们必须帮助他们！"

一个章鱼怪走上前，举起激光刀，已经举过了脑袋——

说时迟那时快，盖尔和伯特飞快地交换了一个眼神，趁大厅里的其他人都没反应过来时，他们挤出笼子，纵身一跃。两个人很有默契，盖尔手一转，往后扔出一个胶囊，这个胶囊一落地就迅速散发出一种浓雾，这种浓雾可以让章鱼怪昏迷，其他人却没事。

浓雾散过以后，所有的章鱼怪都昏睡在了地上，笼子里的人小心翼翼地看着他俩，既震惊又害怕。震惊的是盖尔和伯特竟制服了欺辱他们的章鱼怪，害怕的是盖尔和伯特会怎么对待他们。

"还是跟他们解释一下比较好。"盖尔对伯特说。于是伯特轻轻地关上了大厅的每一扇门，而盖尔很有礼貌地走到笼子前面，没有任何架子地说："呃，我可以跟你们说一下是怎么回事。"

笼子里的人你看看我，我看看你，没人说话，大家都看着盖尔。

“首先你们也许不知道反S盟军。怎么说呢，这就是由几个来自不同星族但有共同志向的人组成的盟军，共同志向就是消灭S团队，维护宇宙和平。S团队把你们抓了起来，所以我相信你们每个人都想消灭S团队，我们有一个计划，需要你们的帮助，你们愿意吗？”盖尔征询地看着所有人。

一时间没有人吱声，大概没有人敢发话。盖尔边说道：“你们不需要看别人脸色，愿意就点头，不愿意就摇头。”

几十秒过去了，终于，第一个人点了点头，有几个人也开始点头，最后，所有人都开始点头。

盖尔笑了笑，说：“谢谢你们的支持，反S盟军一定会尽全力消灭S团队。是的，计划的一部分需要你们配合。首先你们需要弄清整件事情的来龙去脉，下面的话可能有些难以相信，但都是事实。S团队的主心骨是斯坦恩和艾玛，首要目标就是消灭他俩。艾玛的实力其实并不强，所以她已经被我们反S盟军的一位成员王天佑消灭了。而斯坦恩会为她举行一场葬礼，当然会有陪葬者，没错，你们就是陪葬者。这艘飞船会把你们送到沼泽森林里的沼泽下面，也就是葬礼地点。我们会收拾掉这些章鱼怪，而你们需要做的就是假装一切正常，什么也没有发生。我们会扮成章鱼怪，以监护的身份和你们一起进入沼泽，到了那里面，我们会做下一步计划。我说明白了吗？”

笼子里的人点了点头，表示同意。

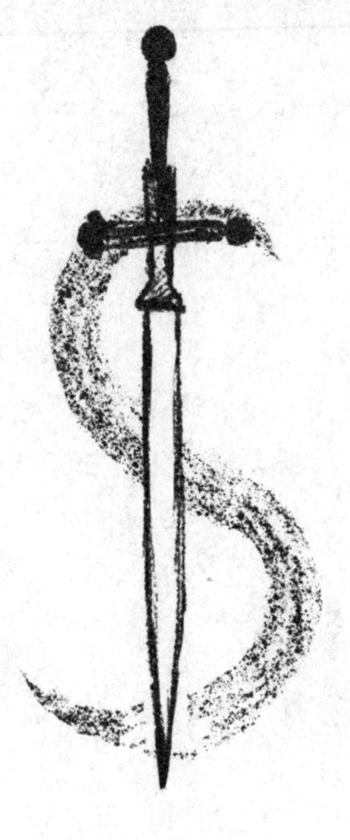

第十二章 地下通道

王天佑和何萍蹲在一个像下水道盖一样的东西旁边，这确实是个盖子，地下通道的入口。

“会不会有什么机关？”王天佑担心地问。

“滴，检测完毕，没有可疑情况。”话音未落，GC的声音就响起了。

王天佑和何萍互相看了一眼，何萍非常小心地用激光枪碰了一下那个盖子，什么都没有发生。

盖子上没有把手，也没有按钮。两人看了半天，也没弄懂怎么打开盖子。

就在这时，王天佑有了新发现。他用手抹了抹盖子上的灰，出现了四个格子。

“这是要输入密码吗？”王天佑皱着眉头问。

“我想是的。”何萍若有所思地说，“四位数……”

“试试 0923！”何萍突然叫道。

王天佑用手在格子中写下“0”“9”“2”“3”。

盖子竟然轻轻地打开了！

王天佑不可思议地看着何萍。“这是传说中的‘沼泽森林’的故事开始的那一天。”何萍忙解释道。

“这么说，那个传说真的存在？”王天佑惊讶地问。

“嗯……”何萍把眼神挪向下面，“也许吧，但这不重要。”

王天佑也没有追问，他打开闪电服上自带的闪光灯，何萍也打开自己随身携带的迷你灯。

在灯光的照耀下，他们勉强看清了下面：没有梯子，没有楼梯，是垂直下去五米的样子，下面的通道只有两米高的样子，宽度一米左右。墙壁是泥土色，黏糊糊的，似乎爬着虫子。地板也黏糊糊的，还有污水存留，空气中还弥漫着恶臭的湿气。

“跳下去吧？”两人异口同声地说，在现在这种情况下，环境已经不能对他们造成什么影响了。

“三，二，一！”两人一起跳了下去，尽管他们不在乎环境了，但还是努力让自己别碰到墙壁。

“安全起见，我们背靠背地走。”何萍说。于是王天佑用灯照着前面，何萍照着后面，两人在潮湿的地下通道里一点儿一点儿地摸索着。

不知走了多久，王天佑叫道：“前面出现了分岔口！”

何萍回过头，前面出现了三个洞口。

他们还没来得及思考走哪个，中间的洞口突然喷涌出来一股屎黄色的污水。“快躲！”何萍叫道，王天佑闪电般地闪到一边，却忘了拉上何萍。

两人被像洪流的水分到了两边。何萍隔着污水喊道：“我们各走各的吧，加油！”

“好！”王天佑也喊道。他转过身，看着他前面的长长的无尽的通道，不禁打了个哆嗦，但还是毅然往前走。

与此同时，米兰达正看着眼前这扇阴森的铁门。铁门已经生锈了，门把上挂着一把沉重的铁锁，铁锁沉甸甸地吊在那儿，一看就知道这铁锁也上了年头。

铁门看上去黑乎乎的，米兰达忍不住打了个寒颤，她回头一看，后面也黑乎乎的，那个像藤蔓一样的恶心玩意儿也不知什么时候无影无踪了。

米兰达深吸一口气，握紧了拳头，她又四下看了看，什么也看不到，只有眼前这座铁门，静静地屹立着。米兰达小心翼翼地伸出手，就在手指快碰到铁门时，她迟疑了一下，但随即鼓起勇气伸了出去。

米兰达的手指尖触碰到铁门上的锁的那一刹那，锈迹斑斑的锁“哐当”一声，指尖与锁之间，突然迸发出一道刺眼的光，米兰达被光刺得闭上了眼睛，睁眼之后，米兰达惊奇地看到，锁竟然不见了！铁门“兹呀”一声，缓缓地甚至有些诡异地打开了，在地面上滑出一道奇怪的弧线，最后有些别扭地停下了。

米兰达站在原地，瞪圆了眼睛，完全无法相信一秒前发生的事，她的手仍然僵在那里，铁门也一样僵在那里。

不祥的预感油然升起，可她必须找回幻影棒，而且，若不进去，米兰达也没有退路。前后都是未知，黑暗中隐藏着不可预知的危机，米兰达无路可选，只能硬着头皮往前走。

就这样，米兰达屏住呼吸，左脚慢慢地迈入了铁门，她停住了，什么也没有发生。米兰达胆子稍微大了点儿，她慢慢地，也迈入了右脚，这样，她整个人都进入了铁门。

说时迟那时快，铁门重重地关上了，瞬间变成了一扇厚实的墙。就在米兰达还没完全反应过来时，“啪嗒”一声，眼前一下亮堂起来。呈现在米兰达面前的，是一条笔直的通道，上面挂着陈旧的灯。而通道的尽头，是一堵结实的墙，唯一的奇特之处是，墙上似乎刻着一些字。

第十三章 幻影之战

看看周围，整个通道的墙都是砖红色的。米兰达往前走了两步，回过头看着身后已不存在的门，明白自己走进圈套了。不过，即使这样，她也只能走下去了。

米兰达明白时间容不得她再犹豫，其他人也许已经开始战斗了。她再次警惕地看了一眼那堵曾经是铁门的墙，接着转过身，向着对面那堵墙走去。

通道里灯光昏暗，米兰达努力使自己不去想别的，快步往前走。灯光晃着，米兰达离那堵墙越来越近。突然，墙下好像有个什么东西闪了一下，这一闪短暂而急促，但米兰达却愣住了。幻影总是神奇的，每个幻影师和她的幻影棒之间，都会有一种无形的链接。而此刻，看到那一瞬的亮光，米兰达的内心猛地抽动了一下，她感觉到了什么！

顾不上怀疑了，米兰达急忙冲了过去。是的！没错！越来越近，直到米兰达在墙前停住，幻影棒安静地躺在墙下，似乎完全不知道它的主人经历了什么。

米兰达停住了，她刚刚是如此的激动，现在却又不知为何没有勇气捡起自己的幻影棒。

米兰达无法理解自己的反应和表现，她觉得自己现在无法处理这个问题。自然而然地，她又看向了墙上的文字：

一个数字除以3余1，除以4余2，除以5余3，除以6余4这个数字最少应该是多少？

请用幻影棒在墙上写下正确的答案。

米兰达一愣，随即笑了笑，这种东西她以前也见过。这样也好，能用智力解决的事情就最好别用武力。

数学也是米兰达很擅长的一项，她马上找到了解题的思路，心里有了数。米兰达看了看地上的幻影棒，弯腰捡起了它。幻影棒在手中，发热了一下，这是和主人重逢的喜悦吗？

米兰达手中握着幻影棒，心里又有了底。她熟练地挥了一下幻影棒，又找回了以前的那种感觉。她轻轻用幻影棒在墙上潇洒地画下两个数字：58。

说时迟那时快，数学题消失了，墙上飞快地闪过一行字：

拿起幻影棒战斗吧，勇士！

还没等米兰达反应过来，墙消失了，一阵浓雾出现。

米兰达一直警惕地站着，而此刻手中的幻影棒却抖个不停，米兰达心中也升起一种不祥的预感，她感受到另一股幻影势力正在逼近。

浓雾还没完全散尽，米兰达就看见了眼前的人，还没等她发出愤怒的尖叫，一个油滑的腔调就响起了：“不错呀，米兰达。至少——比你那愚笨的母亲和妹妹聪明多了。”

“她们现在在哪？！”愤怒被迫转化成了焦急，米兰达用颤抖的声音质问眼前的这个男人。

这也是幻影星族中的一员，尖嘴猴腮，戴着端庄的高帽子，也遮掩不住他身上那股狡猾的气质。他也拿着一个幻影棒，这根幻影棒抖动得更疯狂，似乎等不及接下来的战斗了。

此刻，他用嘴角勾起一个冷笑，能看出他已经多次做这样的表情了。

“米兰达，看在我们同样的幻影血统，我给你一个机会。如果你现在放下幻影棒，我会带你去找尊贵的斯坦恩大人，只要你肯提供所有情报，我相信你一定会得到你这辈子都无法想象的……”

“闭嘴，樊肖！你这个卑鄙无耻的叛徒。你竟然，你竟然还有脸说！你这个无耻的败类，从你背叛幻影星族的那一刻起，你就跟幻影血统断绝关系了。你没有资格这么说！你这个叛徒！”米兰达听不下去了，打断了樊肖的话，怒吼道。

樊肖冷冷地看着她，没有说话。米兰达这才发现，樊肖站在一扇门前面，像是把守的样子。米兰达又观察了一下周围，这里像是一个封闭的房间，唯一的出路，就是樊肖把守的那扇门了。

米兰达知道反S盟军现在一定需要每个人的帮助，她高傲地对樊肖说道："请让开。"

樊肖冷笑一声，看似随意地挥了一下幻影棒，用戏弄的口气说道："也许，是时候看看，谁才配拥有纯正的幻影血统了。"

米兰达意料之中的事终于要发生了。

几乎在同时，俩人一起举起了幻影棒，这是一场幻影与幻影之间的战斗。他们制造出的都是幻影，也只有幻影才能打败幻影。

"银海生花！"米兰达叫道。

"暗藤守护！"樊肖一副轻蔑的表情，这是他自创的黑幻影体系，之前绑住米兰达的藤蔓也出自他的幻影棒。

樊肖面前出现了一个由黑色的藤蔓编成的屏障，挡住了米兰达的光。

"火焰熊熊！"樊肖紧接着出击。

熊熊大火包围了米兰达，"飞岩走壁！"她尖叫道，飞出了火海，就在同时，她又叫道："飘风骤雨！"

屋子里像涌入了汪洋大海，气势汹汹地要淹没樊肖，"万相皆无！"樊肖叫道，屋子里只剩下两个人。

"死亡之手！这回你死定了米兰达！"樊肖开始发狂了。粗大的黑藤蔓迅速长出，几乎布满了整个房间，一齐向米兰达伸来。

米兰达急忙挥动幻影棒，“圣光护卫！”一个透明的光圈包围了米兰达，把米兰达与藤蔓隔开了。

樊肖疯狂地挥动幻影棒，藤蔓也随之猛烈地打击着光圈。

米兰达知道光圈支撑不了多久，她握住脖子上的项链上面的星星挂坠，在心里说：幻影啊，请赐予我力量，让我制裁这个叛徒！

幻影棒热了一下，樊肖进入了狂热的状态，米兰达沉着地握紧了幻影棒。她知道自己必须豁出去了，虽然幻影星族的人有办法使幻影棒感受不到自己的心波，但她知道樊肖渴望的是什么，这个东西猜都不用猜。

“来吧！”她怒吼道，以迅雷不及掩耳之势挥动幻影棒。樊肖没想到她有这一手，毫无防备地被卷进了幻影。

樊肖还没来得及抵抗，突然觉得浑身软绵绵的。他已成为了全宇宙的主宰，所有人毕恭毕敬地跪在他脚下……

陷入幻影的人会慢慢死在美好的幻觉中。

米兰达瘫倒在地上，她终于惩罚了这个叛徒。

此时，米兰达正凝视着眼前这扇密不透风的门，上面没有任何东西，就是一扇普通得不能再普通的门，这倒让米兰达无从下手。米兰达再次把这扇门仔仔细细地看了一遍，像是在审视犯人，直觉告诉她门内肯定有什么东西，而且是凶多吉少的东西。

时间不允许她犹豫，米兰达决定试一试，也许看上去不简单的事情实际上很简单。她用手小心地触碰到门，然后用力推，门似乎动了，而一秒后她就发现这不过是她的幻觉。

“看来，得用别的办法。”米兰达自言自语道，她想到了身上唯一的武器——幻影棒。

“好像有个叫什么——嗯——空间移动的？是移动物体的吧。”米兰达回忆道，她记得自己在学校里学过这门科目，但成绩一直不太理想。

米兰达此时真想给自己一个耳光，当初好好学一学，现在也不至于这么尴尬吧。不过，不管她学得怎么样，现在她无论如何都要把这扇门移开。

米兰达做了一个深呼吸，严肃地把幻影棒的尖端戳到门上，然后集中所有精力：“移动这扇门，往我的前方移动一米！”

一瞬间，有一种奇怪的感觉，好像置身于海底，水流从身旁流过。然后，门像一条被绑着受了惊吓的鱼一样，歪歪斜斜地往后一倒，猛然收住，又像没有了力气，硬生生地倒下。米兰达急忙又一收幻影棒，门才稳稳地、安静地落在地下。她悬着的心，才放下来，暗暗发誓：“以后一定要刻苦学习！”

米兰达松了口气，随即走了进去。

在阴暗的地下呆久了，她竟无法适应眼前刺眼的灯光。

她一边眨着眼睛努力让自己适应，一边举起幻影棒防御。

米兰达走进去，渐渐适应了灯光，她警惕地观察着四周：这是一间非常大的仓库，望不到边际，她面前是一排排架子，整整齐齐地排开，一直延伸到她看不到的地方。

米兰达紧握着幻影棒，往前走了两步，发现架子上都整齐地摆着各种机械和武器。看到这些，她不禁扬了扬眉毛，看来，这里是贮存武器的地方了。

右边突然传来了声音，米兰达猛地转过身，没有看到一个人，声音似乎是从很远的地方传过来的。米兰达沉着地，一步步，轻轻地走向声音传来的方向。

王天佑不敢用闪电服，虽然他眼前的路看上去没什么问题，没有任何分岔，他仍然小心翼翼地走。

这里面越走越阴暗，他时常回头看看身后，也是一片阴暗。

闪电服的灯在这样的环境下仍能看清前方至少一百米的东西，王天佑走着走着，突然停了下来，他的直觉告诉他前面有一个东西在暗处，他也能感受到一股风。

米兰达走到了这间仓库的边界，这里有一扇门，它似乎联通了仓库和另一个房间。门开着一条缝，里面传来两个人的对话声：

“这工作真是挺辛苦的。”

"是啊，大人又不让休息。"

"哎，我们看守的可是军事要塞啊！"

"还有樊肖先生和我们一起呢！"那个声音突然变得娇羞，米兰达一阵恶心。

她把幻影棒伸了进去，快速念了一句："有眼无珠。"这个咒语可以让那两个恶心的章鱼怪看不见她，她悄悄地溜了进来。

一进来，她就断定这个房间一定不简单，虽然只有几十平方米，但有一个控制台和一个监控台，旁边还有一个非常大的上了锁的柜子。

两个章鱼怪仍在咯咯笑着议论：

"噢，上次樊肖先生还约我去树林里玩呢。"

"切，他还向我展示过他的新幻影呢。"

"啊，他真是我见过的最有风度的男士。"

"是啊，是一个妥妥的绅士。"

米兰达实在懒得听她们说，她看向监视屏，被吓了一大跳。监视器似乎被安在一个生物上，画面晃动着，还传来轻微的喘息声。

虽然画面在晃动，但屏幕上的那个人影，米兰达张大了嘴巴。

王天佑？？？

米兰达不敢相信自己的眼睛，那确实是王天佑，傻傻地站在那儿，头上有一盏灯，在朝监视器这边张望。

一瞬间，米兰达真想吼出来，但随即捂住了自己的嘴巴。

那两个章鱼怪终于不谈樊肖了，而米兰达此刻却希望她们继续谈。她们回到监视屏前。

“哦，亲爱的，似乎有个人来了。”一个章鱼怪说道。

“还愣着干嘛呢，快上啊，干掉他，我的好宝贝。”另一个章鱼怪说着，按下了一个按钮。

刹那间，监视屏疯狂地晃动起来，章鱼怪们急忙叫道：“切换二号监视屏。”

这回的监视器应该是挂在墙上的，米兰达又被吓了一跳，此时的角度能看到的是一个庞大的章鱼怪，是眼前这两个章鱼怪的无数倍，也更加疯狂。

准确地说，他们看到的应该是大章鱼怪把王天佑压在身下撕扯的画面，此刻王天佑的闪电服已经起不了任何作用了。

米兰达明白刻不容缓，她立刻挥动幻影棒，没有时间感受心波了，反正让她们看到樊肖的幻影肯定不会错，两个章鱼怪也倒在了地上。

她急忙跑到监控台前，这里有一堆各种各样的按键，有大有小。米兰达心急如焚，却不知道该按哪个。

这时，她看到一个被封起来的红色按键，上面画着禁止符号。

眼看王天佑要撑不住了，米兰达心一横，想道：“总不会是自爆按钮吧。”她按了下去。

几乎就在一瞬间，压在王天佑身上的章鱼怪倒了下去，屏幕上出现一行字：

DA1038号芯片已销毁，生物体已死亡。

米兰达愣住了。芯片？

她来不及想那么多，急忙透过屏幕看王天佑，希望他没事。

王天佑踉踉跄跄地爬起来，看着倒在身边的庞然大物，仍心有余悸。他警惕地看着它，怀疑它还会醒来，并不知道此刻米兰达就在离他一百米远的地方迫切地希望他赶紧过来。

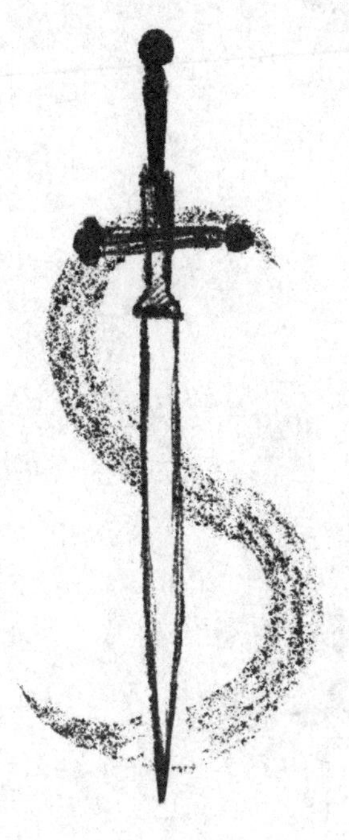

第十四章 露馅

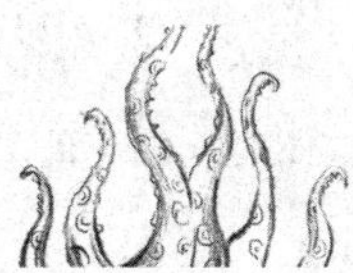

而盖尔和伯特，正在沼泽正上空三百米的一艘飞船上。

盖尔和伯特确定完飞船上所有章鱼怪都已经不省人事后，回到了大厅。他们把一切收拾好，就像什么都没发生过一样。

盖尔拿出一面双面镜，走到章鱼怪长官面前，把镜子放在他的脸和自己的脸中间。镜子亮了一下，屋子里一下子出现了两个一模一样的章鱼怪长官，其中一个倒在地上，另一个正把双面镜递给伯特。伯特也照盖尔的做法对着一个章鱼怪士兵做了同样的事，他也变成了一个章鱼怪。

两个“章鱼怪”准备这些的时候，忽略了外面的动静。他们完全没有注意到，沼泽突然开始冒泡，接着一只粗壮的黑色物体突然像柱子一样从沼泽底下伸出，以惊人的速度向飞船伸来。

大厅里的所有人只听到“嘭”的一声，飞船像被什么东西绑住，整个翻转过来，所有人尖叫起来。笼子在大厅里撞来撞去，盖尔和伯特也在飞船内撞来撞去，还必须躲避笼子以免被压成肉酱。

盖尔透过舷窗看到了外面，飞船正被飞速拖向沼泽，盖尔最开始还以为是一根藤蔓绑住了飞船，后来才发现这是条章鱼腿。

飞船进入了沼泽，一片漆黑，笼子里的人惊恐地叫着，盖尔和伯特也非常着急，飞船外面好像有什么东西在蠕动，但他们什么都看不见。

飞船猛地撞击到一个固体，发出巨响，然后停止不动了。

笼子里的人们不叫了，也不知道是晕过去了还是不敢叫了。四周一片宁静，有一点儿阴森，有一点儿冷。

“啪嗒”，那条捉住飞船的章鱼腿像剥皮一样剥开了飞船。飞船的一半外壳不见了，盖尔和伯特急忙站起，还没站稳，笼子里传来的哀叫已经提醒了他们。出现在他们眼前的，正是斯坦恩本人。

“关笼子里的都是陪葬者？”斯坦恩慢悠悠地问道，但这种冰冷又缓慢的声音十分令人惊恐，连盖尔和伯特都觉得好像一块冰沉入了心底。

“是的，笼子里的都是陪葬者。”盖尔急忙说道，他试图装得像一点儿，然而他似乎并不擅长演戏，斯坦恩眯起眼睛，盖尔突然想到自己漏了什么，又赶紧说道，“大人。”

斯坦恩这才转过头来，打量了一下笼子。笼子里的人你挤我，我挤你，每个人都恐惧到了极点，但所有的声音都卡到了嗓子眼儿却没敢出来。

斯坦恩又开口说话了："笼子放这儿，你们站那儿去。”斯坦恩的一条章鱼腿漫不经心地指了指他左后方的一个位置。

“是，大人。”盖尔这回有了点儿经验，伯特跟着他小心翼翼地走着，俩人努力保持不慢不快的速度。

“阿嚏！”

就在快要走到那个位置，马上就可以松一口气的时候。一声稚嫩的婴儿声突然响起，盖尔马上明白是克洛伊的孩子打了个喷嚏。

盖尔停住了，伯特也显得不知所措，斯坦恩像触电似地抬起头，克洛伊紧紧地捂住了孩子的嘴巴。

“哟，我没听错吧，这儿有个婴儿。”斯坦恩用一种令人毛骨悚然的声音说道。

没等所有人反应过来，一只章鱼腿飞快地伸了过去，笼子被撞碎了，克洛伊怀里的婴儿被揪了出来。笼子里的人跌跌撞撞地挤在一起，克洛伊发疯似的叫喊着。

斯坦恩揪住婴儿，饶有趣味地打量着。克洛伊不顾其他人的阻拦，冲向了斯坦恩。

另一条章鱼腿伸了过去，一下子缠住了克洛伊，克洛伊再次掏出那把小刀，疯狂地刺向章鱼腿。可斯坦恩的章鱼腿却像钢铁一样，小刀无论如何都无法刺入。斯坦恩冷笑着，他喜欢看别人失去重要的东西却拼尽全力也无法拿回的样子。克洛伊颤抖着，但她没有放弃，她嘶吼着，一次次地做着尝试，一次次地失败，婴儿哭了起来。

盖尔和伯特正不知道该怎么办好时，斯坦恩突然转向了他们，冰冷的声音更像泼了他们一头冷水："我相信S团队人都应该知道，我可不喜欢在举行葬礼的时候见到婴儿。所有的婴儿都会在送来之前被运送的官员干掉，为什么，你们没有？"

王天佑确认章鱼怪没有生命体征后，小心翼翼地往前走。

而这边，米兰达还在震惊中，忽然被几条藤蔓"嗖"地紧紧缠住。"咳——"她喘不过气来，脸憋紫了，身体动弹不得。

"哈哈哈！"一阵狡诈的笑声从她背后传来，一个油滑的人又出现在米兰达面前。

"樊肖？？？！！！"米兰达一惊。

"哈哈哈哈哈哈哈哈，你真是要把我笑死啊，米兰达。"樊肖笑嘻嘻地说，"果然，你们琼斯一家都摆脱不了愚昧和自大。你竟然妄想把我杀死？！哈哈哈哈哈，你真是太天真了。你根本配不上高贵的幻影血统！不过，让我没想到的是，你竟然逃出了我的幻影。"樊肖面露凶光。

米兰达此刻真想扇自己一巴掌，她怎么就没想到呢！从那个丈二和尚摸不着头脑的洞穴到那个倒在地上的“樊肖”，这一切，不过是樊肖这个卑鄙之徒制造出的幻影而已！而自己竟然傻乎乎地被套进去了！米兰达懊恼极了。不过，幸好自己干掉了幻影里的樊肖，不然她也不能在这里和真实的樊肖讲话了，米兰达又庆幸地想道。

樊肖背过身，像在思考什么：“不过，米兰达，你还有另一条路可以走。”

米兰达完全没听他在说什么，脑子飞速运转想着如何脱身，突然，她想到了王天佑。

樊肖又转过身来，挑衅地看着米兰达，米兰达尽量表现得自然，她发现自己的 GC 不见了，觉得希望又少了一点儿。

樊肖玩弄着手里的幻影棒：“我看到了你给我制造的幻影，没错，权力。”他勾起一个笑容：“你还算聪明。是啊，我确实想得到权力，不过——需要你的帮助。”

“我拒绝。”米兰达冷冷地说。

“我好像没有给你发言权吧。”樊肖的笑容阴森起来，“不过，你毕竟还属于跟我一样的幻影星族。”

米兰达没说话，樊肖继续说道：“不管怎么样，只要你配合，我——不会亏待你。”

米兰达懒得理他，绞尽脑汁地想办法。“我会带着你去找斯坦恩，他一定很高兴把你弄到手，你的任务是分散他和其他人的注意力，我负责干掉他们。”樊肖一脸憧憬地说道，“然后，我就是宇宙的统治者了！呵，真是可笑，章鱼还想称霸宇宙，做梦吧！”

米兰达觉得自己应该转移一下樊肖的注意力，便假装好奇地问道：“可你的计划看上去一个人也能做到呀？为什么还要我呢？或者，你随便抓一个人也可以呀？”

樊肖似乎很高兴有人关注他的“伟大目标”，暂时放下了戒备：“你的脑袋里还算有点儿东西。你要知道，斯坦恩对幻影星球格外有兴趣，一般的俘虏也没有见他本人的待遇。你的价值越高，我的功劳越大，他越开心，更何况你还是实验品。”樊肖顿了顿，突然又换上了一副狡诈的面孔：“为什么我不一个人？因为风险大啊，而且如果失败了，没办法脱身啊。这就是你失败的原因之一，你真愚蠢，米兰达，你以为你一个人能拿下S团队？”

“她不是一个人！”话音未落，樊肖已经被一张网紧紧地罩住了。禁锢米兰达的藤蔓瞬间散开消失得无影无踪，她落到地上，马上夺下了樊肖的幻影棒，然后用自己的幻影棒使出催眠功能，樊肖晕了过去。

米兰达关切地问王天佑：“你还好吧？”

“能走到这里已经是我上辈子的修来的福气了。”王天佑心有余悸，他转头问米兰达，“你为什么不杀了他？”

米兰达摇摇头：“我也不知道我为什么不杀了他，我只是觉得，留着他可能还有点儿用，而且——”她突然警惕起来，她希望现在自己眼前的王天佑和刚刚发生的事情都是真实的。有一个办法可以证实，她咬了一下自己的舌头，一阵痛意传来，她松了一口气。幻影可以制造景象，制造触感，但处在幻影中的人绝不会感到一丝痛苦。

米兰达和王天佑互相诉说了彼此的遭遇，王天佑环顾了一下四周，皱了皱眉头说："我觉得这里可能有比较重要的东西。"

"我的感觉跟你一样，"米兰达说，"旁边是军事储备库，里面全是武器。"

"可是谁会把重要的东西放在监控室里呢？"王天佑提出了疑问。

"那可说不准。"米兰达耸了耸肩，"这地方并不像它看上去那样简单，我来的时候碰到了黑幻影师，你来的时候碰到了章鱼怪。"

王天佑点点头，他看到了屏幕上的那句话："芯片？！"

"我没看懂，但它肯定是一条线索。"米兰达说，"它出现之后，攻击你的那只章鱼怪就死了。"

"我想想，"王天佑若有所思地说，"会不会，是有人把芯片植入了那个章鱼怪体内，使它变得那么恐怖，当芯片被销毁后，章鱼怪也死了。"

"有道理。"米兰达赞同地说道，"正常的章鱼肯定不是这样的，一定是有人给他们植入了芯片，才让他们这样。”

“我刚刚按了一下这个红色的按钮。”米兰达指了指监控台。

“这么说，这个按钮可以销毁那个章鱼怪体内的芯片，所以才被封起来了？”王天佑分析道。

“这个逻辑说得通。”米兰达说，她的脑子里突然出现了一个新想法，她急忙对王天佑说：“我有一个想法，也许，S团队的章鱼原本都是正常的，有人给他们植入了一种芯片，才让他们变异成这样。而斯坦恩可能不是S团队真正的老大，也不是真正的主宰者，幕后另有其人，这个人也操控着斯坦恩！”

“对！”王天佑也恍然大悟，“这种说法更合理，毕竟自然变异也不至于变成这样吧。”

“那么，”米兰达环顾四周，把目光锁定在控制台上：“芯片的秘密和控制方法也许就在我们身边。”

他们走到控制台前，王天佑说道：“我相信这里应该可以销毁所有芯片，但风险相当高。”这个台上的按钮更加多种多样，让人眼花缭乱。

“我有一个办法，也许可行，就是粗暴了点儿。”米兰达说道。

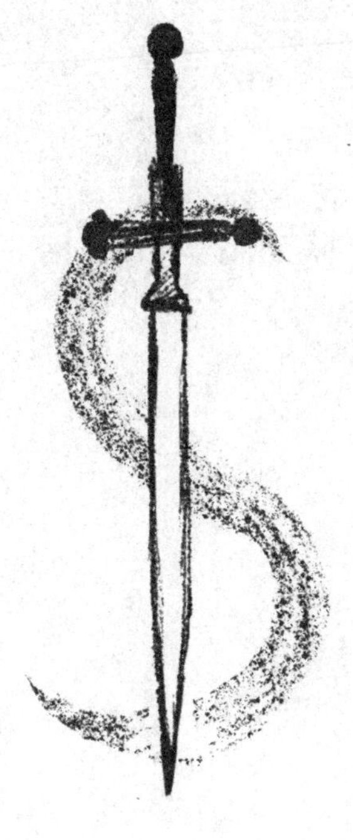

第十五章 最后一战

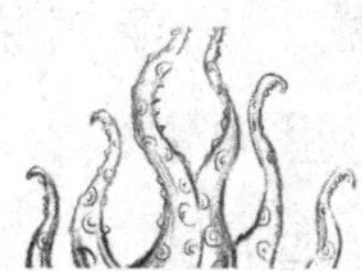

何萍也在笔直的通道里小心翼翼地往前走，路渐渐变成了上坡，她不敢有半点儿分神，她预料到这一定是通往总部的某个房间。

她走到了一扇门前。

何萍端详着这扇门，犹豫时，这扇门开了。

里面是一间非常豪华的卧室，卧室中间站着一个披着黑色斗篷的人。

何萍戒备地看着他，却越看越觉得那个背影十分熟悉。

他转过身，取掉帽子，露出一头同样火红的头发和一张长满雀斑的脸，他有着苍白的皮肤和瘦弱的身躯。他冲何萍咧嘴笑了笑：“欢迎光临，柯丽娅，我亲爱的姐姐。”

何萍几乎要瘫软下去，她扶住软皮沙发，差点儿倒在上面。

“不，这不是真的，不是他。”何萍摇摇头，闭上眼，希望能逃离这个房间。

何萍是混血，她憎恨她的父母，而这份憎恨不仅在她心中，也在另一个人心中，就是她的弟弟，柯兰，也就是眼前这个人。

他们是同样的身世，只能相依为命。但何萍从小便能看出，埋藏在柯兰心里的憎恨，要比她多得多。

沼泽森林的传说确实是真的，那个小女孩就是她，柯丽娅。而这个传说却漏掉了一个人，就是和她同行的弟弟，柯兰。

何萍作为柯兰最亲近的人，一直都知道他狂热地迷恋科学，甚至到了疯狂的地步。柯兰从小就有极高的科研天分，只是他没有被世人所知。柯兰曾对何萍说过："终有一天，我会让那些不在意我的人，欺辱过我的人匍匐在我脚下，我要让宇宙匍匐在我脚下！"何萍没有当真，但她从那时起，就发现了她弟弟心里恐怖的欲望和丧心病狂的野心，他确实想要控制整个宇宙。

沼泽森林传说发生那晚，柯兰没有和她一起上岸。何萍知道他想做什么，她甚至有机会毁掉最开始的两枚芯片。可是她没有，为什么？因为她做不到。首先这是她的弟弟，其次，在她的心里，也埋藏着很深的欲望，那种欲望是由痛苦而生的，只不过她压制了它。

何萍非常理解，源自家庭的痛苦让他们不相信世上还有爱，也不相信谁能给他们带来安全感，也从未有过这种渴望。而唯一能让他们有安全感的，就是拥有更多。欲望在心中滋生了，柯兰任由它滋长，且成功地完成了他的实验，他拥有了无数的章鱼手下，通过高级的武器占领了无数星球。但他没有满足，因为他的欲望也随之增长，拥有越多，想要的也越多。

何萍却极力压制着心中这头魔兽，她明白它的恐怖，明白它能毁掉一个生命，并亲眼看着她的弟弟被拖下深渊。

何萍永远都不想再见到柯兰了，当S团队这个名字在宇宙中响起时，她心里明白是怎么回事，可她没有告诉任何人，连米兰达都没有。

“我们多久没见了？”柯兰的声音把她拖回现实。

“这不重要。”何萍冷冷地说，她还没想好是拯救柯兰的内心还是把他当成敌人。

“你上一次访问S团队感觉如何？”柯兰嘴角勾起一丝笑。

呵，上次，何萍想道，就是那次被所有人称为传奇的经历，她的嘴角也往上扬了扬：“你称那为‘访问’？”

“是啊。”柯兰很无辜地说，“你能过来看看我，我很高兴。顺便说一下，你做芯片的能力也不错。”

“谢谢夸奖。”何萍不冷不热地说，她早就知道柯兰是在章鱼体内植入了芯片，她也同样在章鱼体内植入了她的芯片。

“姐姐，”柯兰在沙发上坐下，看着何萍，“你是我唯一的亲人，我也是你唯一的亲人。”

“哦。”何萍说，“正因如此，我了解你，也知道你接下来会说什么。”

柯兰笑了笑：“这是事实，姐姐。我们都曾受过欺辱，都明白这世界无情……”

“不。”何萍果断地打断了他，“那是你觉得。”

“哦？”柯兰说，“是受到了你的小伙伴们的关爱吗？”

何萍听出了讥讽的味道，她不甘示弱地说道：“至少，这么多年，你只是窝在这里做欲望的奴仆。而我，却看到了更多，见识了更多。柯兰，这个世界，并不是无情的，它太大了，真的不能用我们以前的想法去评判。”

“那你的立足之地又在哪里呢？”柯兰微笑着问。

何萍还没回答，柯兰就继续说道：“你必须明白这个事实，在这个宇宙里，只有拥有它，控制它，才不会被人凌辱、忽视。”

何萍反驳道：“但就是因为你，才使得更多无辜的人受到凌辱。”

“无辜？”柯兰的眼里闪着冷酷的光，“难道我们不无辜吗？圣人终究是少数，几乎所有人身上都有污点。”

何萍没有说话。

“加入我吧，姐姐。”柯兰看着何萍的眼睛说，“我知道，其实你的内心深处和我是一样的。为什么要压制它？你可以操控宇宙，你可以拥有它，拥有你想要的，除掉你不想要的。这样的生活多么快乐。”

柯兰的声音带有诱惑性，何萍摇了摇头，努力使自己摆脱心里突然冒出的想法。

“姐姐，”柯兰拉住她的手，何萍试图挣脱，但随即放弃，“找到真正的自己。压制仇恨，它只会啃食你的心灵；压制痛苦，它只会摧残你的心灵；压制欲望，它只会吞噬你的心灵。你没必要那么做，你可以跟我一起，做真正的自己。”

何萍的嘴张开了：“我绝不会像你一样，被欲望拖入地狱。”

她认真地看着柯兰：“你做了真正的自己，可是你真的喜欢吗？你控制了章鱼，控制了宇宙，可是你就快乐了吗？不，你只会想获得更多，这不是快乐。如果你愿意，我可以带你去体验真正的快乐，柯兰。”

何萍发誓柯兰的眼里绝对闪过了一丝迷茫。

“你喜欢现在的你吗？”何萍看着柯兰，她突然有一丝心疼，这毕竟是她在世上唯一的亲人啊。

“我……”柯兰低下头，躲避着何萍的目光。

“不，你不喜欢！”何萍的语气坚定起来，“这么多年，你一直窝在黑暗中，你感受不到光明、感受不到快乐、感受不到爱，可是你为什么不走出去呢？相信我，柯兰，我们的世界真的很美好。不要用我们过去的眼光来看待所有，那只是过去，我们还有未来，不是吗？”

柯兰抬起头，语气冰冷极了：“可你这样出去了，能享受到什么？看，你不是也如此狼狈吗？你出去了，过上好的生活了吗？等我拥有了整个宇宙，所有人将向我臣服，只有我才配得上享受全宇宙最好的东西！”他的表情狰狞起来，雀斑都扭在了一起。

何萍竟然有些怕他这种表情，这个被欲望控制的人让她感到恐惧：“拥有整个宇宙？享受最好的东西？你何必呢？”

“何必？”柯兰扬起眉毛，“那才叫快乐，懂么？”

“你想要那样的快乐，”何萍觉得柯兰无药可救了，“为什么不去用幻影棒呢？”

“幻影棒？”柯兰笑起来，“姐姐，你可别想跟我耍这种花招。谁不知道幻影棒的厉害呢？我没有那么蠢。”他特意把“厉害”二字说得很重。

何萍觉得很多话堵在自己嗓子眼儿，她实在想不明白，亲生姐弟，如今为什么会如此冷漠地针锋相对。许久，她勉强挤出一句：“我能理解你，柯兰。”

何萍没有看柯兰是什么表情。

整个房间突然亮起了警报灯：“红色警报！红色警报！非法入侵芯片数据库！非法入侵芯片数据库！DA1038号芯片已销毁，生物体已死亡。是否启动终极保护模式？”

柯兰猛地站了起来，他的脸变得扭曲。

“你的朋友居然能活到现在。”他讥讽地说道。

说完，他抓住何萍，冷笑着说：“跟我一起完成大业吧，姐姐。”

何萍一下子清醒过来，她想反抗，但已经太晚了，她被黑藤蔓捆了起来。

“你竟然学会了黑幻影！”何萍震惊地叫道。

柯兰没有理她，他说了一声：“启动！”接着从何萍进来的那扇门走了出去，有一股力量迫使何萍跟着他走。

在沼泽下，没有人敢发出一点儿声音。

就在一瞬间，所有人都开始行动了。伯特挥舞着五能枪（电击、火焰、冰冻、激光、防御）冲上去，陪葬者们你推我挤，一时间空气里回荡着各种情绪和声音。无数个章鱼怪从四面八方冲了出来，拿着更先进的武器。克洛伊拿着小刀不要命地战斗着。

盖尔一边战斗一边在陪葬者中大声呼吁：“不要逃跑！没有用！在这里也逃不出去！我们只能战斗！为了我们的后代而战！为了正义而战！为了我们的家园而战！我们应该反抗，而不是逃跑！”越来越多的人开始加入战斗。他们来自各个星族，战斗力也不凡，因为S团队是把每个星族战斗力最强的人囚禁起来利用，没什么本事的人早就被淘汰了。

他们离开了铁笼，又找回了自己的斗志。

这是没有硝烟只有血泪的战争，每个人都拼了命地厮杀，开始还有数量优势，可章鱼怪似乎源源不断地涌来，很快占据了上风。

监控室里，米兰达和王天佑搬来一桶炸弹，王天佑看着这里说："希望炸弹能把他们全部销毁。"

"抓紧时间吧。"米兰达心里总有一种不祥的预感。

王天佑刚把炸弹安放在合适的位置，米兰达突然举起幻影棒对准王天佑来的那扇门："王天佑，快站到我身后。"

没有问为什么，王天佑赶紧站到米兰达身后，举起两把枪。

"滴！终极保护模式开启！"一个冰冷的机器声突然响起。

那个储存所有芯片数据的柜子突然加厚了一层什么，控制台和监控台瞬间黑屏。四面的墙壁突然不见了，这里变成一块儿非常大的平地，像战场。很多个巨大的章鱼怪（就像王天佑在隧道遇到的那样）出现在四周。

米兰达喘着粗气往后退了几步，她感受到这是一股更强大的力量。她看了看王天佑，心里已经有了数，他们获胜的几率不到1%。

米兰达心中只剩下一个对策，她小声对王天佑说："听好了，王天佑。我，我得去叫醒那个樊肖，我会说服他帮我一起努力拖时间，你一定得想办法摧毁所有芯片包括它们的数据。"

话音刚落，所有的章鱼怪让出了一条路，一个黑衣人出现了，而在他后面的，是何萍！

米兰达惊讶极了，何萍叫道：“别管我！他才是幕后真凶，他——”

柯兰竟给了她一个巴掌，吼道：“闭嘴！”

米兰达愤怒地叫道：“不许碰我的朋友！”她跑向樊肖，用幻影棒一点：“苏醒！”

樊肖醒了过来，愤怒地吼道：“米兰达……”“住嘴！”米兰达不甘示弱，“现在没有吵架的时间！”她粗暴地扯开樊肖身上的网，把他的幻影棒塞给他，飞速地说道：“幻影棒给你，杀谁你随意。但你给我听着，你要还想跟我干一架我随时奉陪，不过咱俩都得做他们的陪葬品！”

“什么？”樊肖来不及想刚才的事情，“陪葬品？！我们？！”

“是的。”米兰达冷冷地说，心里惊讶于自己的临场发挥能力，“看到那个黑衣人了吗？看到这些章鱼怪了吗？告诉你，你要对付的根本不是斯坦恩！斯坦恩只是一个牵线木偶罢了。现在，你只有干掉这些章鱼怪，才有可能保住你那尊贵的不可侵犯的幻影血统，才能成为宇宙的霸主！懂吗？”

樊肖盯着米兰达的眼睛，企图看出一点儿破绽，可他失败了。

柯兰冷笑：“袖里玄机！”

他一挥斗篷，无数的暗箭从他袖口里射出。樊肖挡回了他的攻击。柯兰眯起眼睛："这又是哪位？"

显然，他不认识樊肖，米兰达心里暗喜，故意说道："他比你厉害多了，凭什么是你来统治S团队？"

柯兰被激怒了："我统治的是整个宇宙！"

"宇宙是我的。"樊肖站起来，高傲地说道，"你是什么人？"

柯兰冷笑，一挥手，所有巨型章鱼怪一拥而上。米兰达和樊肖互相配合，米兰达发现，连章鱼怪都有自己的欲望，而他们的欲望……米兰达能看到他们的欲望是什么，当她看到时，竟有点儿心酸，这些外表可怕的章鱼怪最大的欲望，是能回到自己被植入芯片之前的样子，和家人朋友一起过正常的生活。

可她没有时间怜惜他们，她用余光看向王天佑，他躲在控制台后面，弄着炸弹。

柯兰想到了一个更阴险的办法，他突然伸出一条藤蔓，紧紧地缠住了何萍的脖子。

王天佑转头正好看到了这一幕，他想都没想，闪了过去，闪电服的速度太快，柯兰没有看到他。王天佑用电火激光枪劈断了藤蔓，何萍逃脱了藤蔓。

"闪电服？有意思。"柯兰饶有兴趣地说，瞬间，他也换上了一套跟王天佑差不多的衣服，他笑嘻嘻地说道，"意念换衣，厉害吧？我好久没玩儿闪电服了呢，但我的速度肯定比你快。”

何萍朝王天佑使了个眼色，她对柯兰说道：“是吗？他穿的是全宇宙最快的闪电服呢。”王天佑马上明白了，他用最快的速度按照他来的路线往回跑，很快，他冲出了地面，来到树林里。不出他预料，柯兰果然阴沉着脸跟着他出来了。

何萍跑向存储芯片的柜子，她敲了敲，柜子上又出现了四个空格和一句话“你只有一次机会”。米兰达急忙跑过来，一边保护何萍一边问：“现在怎么办？”

“再试一下0923吧。”何萍说着输入了“0”“9”“2”“3”。

“为什么是‘0923’？”米兰达好奇地问道。

“噢，”何萍似乎很无奈地说，“这是沼泽森林故事发生的日子，那位罪魁祸首一直引以为傲，非常喜欢这个日子。”

柜子上的那层加厚层褪去了，只剩下一个普通的柜子。

“快！启动炸弹！”何萍叫道，米兰达急忙跟她一起跑去。

何萍的手，颤抖地放在控制板面上，她深吸一口气：“快，做好逃跑的准备。”

米兰达冲樊肖叫道：“快，我们准备出去了！”

“那你倒是来应付这些该死的章鱼啊。”他恼火地叫道。

此时此刻，王天佑正和柯兰在树林里“玩儿捉迷藏”，他尽自己最大的努力把他往远处引。

这时，柯兰停了下来，王天佑发现他手上戴着一个像手表一样的东西。那个东西闪着红点：“终极保护模式已解除。”

柯兰发出一声愤怒的吼叫，他不再理会王天佑，飞速返回。“不！回来！”王天佑叫道，“要爆炸了！快回来！你不能为了那些东西放弃自己的生命！”他紧跟着冲上去想拉回柯兰，可柯兰跑得太快了。

地底下，所有人都感觉到了地面的震动。“是闪电服，”何萍紧锁着眉头说道，“他回来了。”

何萍扔出一个空间胶囊。它在烟雾中绽开一道彩色的光。“快！”何萍吼道。樊肖看也没看其他人，第一个冲了进去。

“你先！”米兰达吼道，她对付着章鱼怪，“我先拖住它们。”

何萍正准备进去，心里突然有种不舒服的感觉。章鱼怪已经如潮水般涌来，米兰达焦头烂额，但还是注意到何萍的神情。

“怎么了吗？”她叫道，“快点！”

“这场景怎么那么像永别呢？”何萍想开个玩笑，却马上后悔自己说了这句话。

“都什么时候了，你还这么多愁善感。”米兰达还是笑了，“快走吧，我就在你后面。”

米兰达回过头，她已经看到了站在何萍身后大约一百米处的柯兰，她冲何萍笑了笑，猛地把她推进了旋涡：“我就在你后面！”

柯兰已经冲了过来，米兰达没有半点儿犹豫，她按下了启动炸弹的开关。

“是否启动爆炸？”

“是。”

在盖尔和伯特这边，斯坦恩的章鱼腿已经卷起了伯特，伯特奋力挣扎，却渐渐无法动弹。“不！”盖尔抹开脸上的章鱼血，想冲上去。然而一瞬间，斯坦恩突然倒在了地上，章鱼腿无力地松开了，所有的章鱼怪也是如此。

此时，一个巨大的、足以炸平整个地下的爆炸声响起。

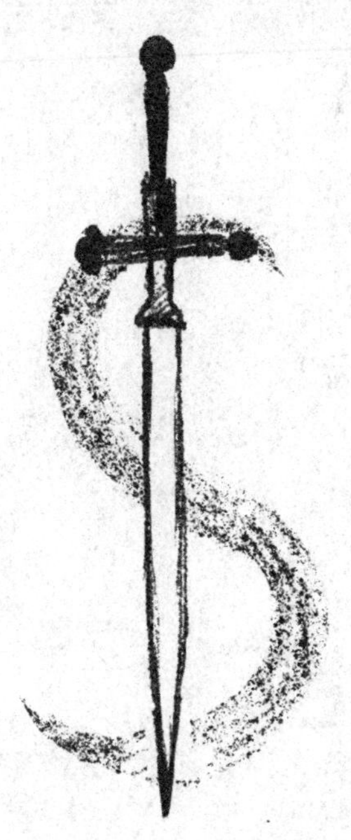

尾声

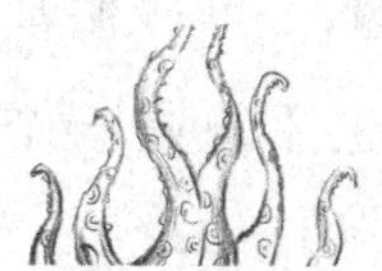

一年后——

王天佑和何萍坐在地球上的一家咖啡店里。

所有的星球都已获得自由，无辜者们回到了家园，宇宙的秩序重回正轨。

“现在想起来，所有的事情似乎都发生在昨天。”王天佑抿了一口咖啡，看着外面繁华的街道和熙攘的人群说道。

“现在想起来，我多么希望米兰达还在我身边。”何萍抚摸着自己胸前的弯月吊坠，那个吊坠竟热了一下，何萍的鼻子又有点儿酸，“很多时候，我会突然神经质地回头，我相信她不会骗我……”

“你觉得，”王天佑突然问道，“柯兰真的死了吗？”

这也是何萍一年以来的顾虑，她倒是笑了笑：“没有见到他的尸体前，没有人会相信他死了。”

“是啊。”

“但我们就相信吧，”何萍说，“哪怕他还活着，欲望也会让他一步步走向死亡。”

王天佑抚摸着他旁边的一个小地球仪，抬头看着湛蓝的天空，他找到那种感觉了，宇宙包围着他，他是多么渺小，地球是多么渺小，可他们都是宇宙的一份子。

“我希望，地球也不再是一个充满欲望的星球。”